Tu, was ich dir sage

Gran-Canaria-Trilogie

von Drea Summer

AF221069

dreasummerautor@gmail.com
Facebook: Autorindrea
Instagram: dreasummer1978
www.dreasummer.com

2. Auflage, 2021
© Alle Rechte vorbehalten.
Herstellung und Verlag: BOD – Books on Demand, Norderstedt

ISBN: 9783752846751

Lektorat/Korrektorat: Lektorat TextFlow by Sascha Rimpl
Covergestaltung © Traumstoff Buchdesign traumstoff.at
Covermotive © Bill McKelvie und railway fx shutterstock.com

Tu, was ich dir sage
Gran-Canaria-Thriller Band 2

Als ein Toter auf dem Parkplatz des Zoos Palmitos Park auf Gran Canaria gefunden wird, ist es vorbei mit der ungetrübten Urlaubsidylle. Die Polizei kommt zu der Erkenntnis, dass es sich um einen Selbstmord handelt. Der Tote galt bereits sieben Jahre als vermisst. Warum taucht er ausgerechnet jetzt auf? Und wo war er die ganze Zeit?

Tage später verschwindet der deutsche Urlauber Leo spurlos aus einer Diskothek in Playa del Inglés. Inspektor Carlos Muñoz Díaz ermittelt, doch bald entwickelt sich der Fall für ihn zu einer persönlichen Tragödie. Stück für Stück offenbart sich ein Abgrund unmenschlicher Abscheulichkeit.

Bibliografische Information der Deutschen Nationalbibliothek. Die Deutsche Nationalbibliothek verzeichnet diese Publikation in der Deutschen Nationalbibliografie; detaillierte bibliografische Daten sind im Internet über http://dnb.dnb.de abrufbar.

Herstellung und Verlag:
BoD – Books on Demand, Norderstedt

ISBN: 9783752846751

Prolog

»Warum hast du mir das angetan?«, murmelte ich und starrte auf den Monitor, der mir mit einem leichten Flackern die Wahrheit präsentierte. Ich zoomte das Bild auf das leichenblasse Gesicht. Seine Augen waren weit geöffnet. Ich schwenkte mit der Kamera ein Stück hinunter und sah das Bettlaken, das um seinen Hals gewickelt und am Duschkopf befestigt war. Der Scheißkerl hatte tatsächlich das Bett verschoben, um sich umzubringen.

»Ich habe dich immer gut behandelt. Wie einen Sohn. Und du verlässt mich einfach so. Ohne Vorwarnung.« Ungläubig und wütend schüttelte ich den Kopf. Ich tippte auf die Zahl Eins auf meinem Pult. Mit einem Schlag wurde es dunkel um ihn, nur mehr einen Schatten erkannte ich, der still und starr von der Decke hing. Sein graues Gesicht wurde von dem Schwarz im Zimmer verschluckt.

1

»Jemand muss ihn hier abgelegt haben«, sagte Cristiano und schaute auf den leblosen Körper, der auf der asphaltierten Parkfläche vor dem Palmitos Park lag. »Hier ist weit und breit kein Baum.« Eine Schlinge schnürte den Hals des Toten ab. Cristiano und der Arzt hatten sie vorsichtig gelockert. Rote Striemen kamen darunter zum Vorschein. Dem ersten Anschein nach war der Stoff ein Bettlaken. Der Leiche waren die Hände wie zu einem Gebet gefaltet worden, und sie war zugedeckt mit einer grauen Wolldecke.

Die ersten Sonnenstrahlen des Tages ließen die Bäume des in die Anlage eingebetteten botanischen Gartens lange Schatten auf den leeren Parkplatz werfen. Das Kreischen eines Affen hallte von den Bergwänden, die den Park an drei Seiten umhüllten, wider.

»Ja, das denke ich auch«, sagte der Arzt. »Außer den Würgemalen an seinem Hals konnte ich keine weiteren Verletzungen entdecken. Es könnte sich um Mord oder um Suizid handeln. Näheres kann der Gerichtsmediziner sagen.

Weißt du, wer der Mann ist? Hat er einen Ausweis dabei?«

Cristiano schaute zu seinem Kollegen, der gerade die Hosentaschen des Toten untersuchte. Dieser schüttelte den Kopf. »Die Taschen sind leer. Ist merkwürdig, oder nicht?«

»Ich werde seine Fingerabdrücke durch das System laufen lassen«, sagte Cristiano. »Er wird so um die dreißig sein, in meinem Alter, denke ich. Was mich hier verwundert, ist, dass es keine Abwehrverletzungen gibt. *Bueno[1],* wir müssen warten, was die Obduktion ergibt. Beeilen wir uns lieber. Der Tierpark öffnet um zehn. Nicht dass die Touristen den Tatort sehen. Beeilt euch, Leute. Wenn der *Jefe[2]* kommt, sollte schon das meiste an Arbeit erledigt sein.«

»Ja, das sollte erledigt sein, wenn ich komme. Da gebe ich dir recht.«

Cristiano drehte sich um, und ein Mann mit einem frechen Grinsen im Gesicht und grauem Haaransatz stand vor ihm.

»*Buenos días[3], Jefe.* So früh habe ich dich gar nicht erwartet. Ich dachte, wir treffen uns im Büro und fahren später gemeinsam her. Du hast

1   Gut
2   Chef/Boss
3   Guten Morgen

doch heute deinen freien Tag.«

»Sarah meinte, es wäre besser, wenn ich gleich herkomme«, sagte Inspektor Carlos Muñoz Díaz und lachte. »Ich denke mal, sie wollte mich aus dem Haus haben, weil ich sie nervös mache, wenn ich sie ständig frage, ob sie etwas braucht oder ob ich etwas für sie tun kann. *Vale*[4], genug von Sarah. Was ist hier passiert?«

»*Jefe,* das kann ich dir nicht sagen. Vor gut einer Stunde wurden wir informiert, dass es hier eine Leiche gibt. Der Anrufer gab seinen Namen nicht preis, und eine Rückverfolgung der Nummer war nicht möglich. Es handelte sich um ein Wegwerfhandy. Ich habe die Fingerabdrücke von dem Toten nehmen lassen und werde sie im System bei uns einspeisen. Der Tote hatte nichts bei sich.«

Carlos ging einen Schritt näher an den leblosen Körper heran. Die blasse Haut, die dunkelblonden Haare, seine Kleidung war ordentlich und gepflegt. Er beugte sich zu dem Toten hinunter und deutete auf dessen Mundwinkel. »Doc, was ist das Rote hier? Könntest du davon einen Abstrich machen,

4   Okay

bitte?«

Der Arzt holte ein Plastikröhrchen aus seinem ledernen Koffer und tupfte mit dem Wattestäbchen, das am Deckel festgemacht war, die Stelle ab, auf die Carlos zeigte. Er beschriftete das Röhrchen und winkte den Mann im weißen Ganzkörperoverall, der eine Kamera in seinen Händen hielt, zu sich. Dieser holte die Tatortnummerntafel mit der Zahl Elf aus seiner Umhängetasche heraus, platzierte sie neben dem Gesicht des Toten und fotografierte es.

»Cristiano, ich denke, wir fahren auf die Wache«, sagte Carlos und drehte sich zu dem Mann von der Spurensicherung um. »Kann ich die Fotos gleich haben? Mir kommt dieser Mann bekannt vor, allerdings kann ich nicht sagen, woher.«

Der Polizist nickte.

Cristiano folgte Carlos zu seinem Jeep.

»Wie bist du hergekommen?«, fragte Carlos.

»Mit den Kollegen. Kann ich mit dir mitfahren?«

Carlos nickte, und Cristiano stieg auf der Beifahrerseite ein.

Als Carlos' Handy piepste, nahm er es aus seiner Hosentasche. Das Foto des Toten erschien auf dem Display. »Ich weiß nicht. Irgendwo habe ich diesen Mann schon einmal gesehen. Vielleicht ein vorbestrafter Täter?« Carlos zeigte das Foto Cristiano.

»Also, ich kenne ihn nicht«, sagte Cristiano. »Aber das will nichts heißen, ich bin ja erst seit zwei Jahren hier. Du ja immerhin schon dein ganzes Leben.«

Carlos startete den Wagen und fuhr vom Parkplatz auf die Bundesstraße. »Ganzes Leben ist vielleicht übertrieben, aber immerhin seit mehr als fünfundzwanzig Jahren. Ich werde dieses Jahr vierundfünfzig.«

Cristiano lachte und schaute aus dem Fenster. Er liebte Gran Canaria. Besonders den Süden. Es war immer warm, die Sonne strahlte jeden Tag vom Himmel. Ihm gefielen die kantigen grauen Felswände, die Dutzende Meter in die Höhe ragten, und die bewaldeten Berghänge im Inselinnern.

Die Fahrt führte vorbei am Aqualand, dem Badespaß für die ganze Familie, mit großen Rutschen, die steil in die Tiefe abfielen. Vorbei an der Kartrennbahn, auf der er und Carlos sich an gemeinsamen freien Tagen gegenseitig Rennen lieferten. Durch den großen ovalen Kreisverkehr in San Fernando, in dem sich tagtäglich unzählige Autos drängten.

Heute ist Markttag.

Cristiano schaute auf den Platz vor der Markthalle, wo die Stände mit Kleidung, Souvenirs, Obst und Gemüse aufgebaut waren. In gut einer Stunde würde hier alles mit Touristen vollgestopft sein. An solchen Tagen war Hochkonjunktur für die Diebesbanden. Nur selten gelang es der Polizei, einen der Räuber zu schnappen. Und noch seltener einen davon zu bekehren, nicht wieder zu stehlen. Aufgrund der hohen Arbeitslosigkeitsrate und der niedrigen Löhne auf Gran Canaria waren Diebstahl und Drogenhandel ein lukratives Geschäft. Vor ungefähr einem Jahr hatte sich erst eine neue, bestens organisierte Bande hier im Süden niedergelassen.

2

Leo stand in seinem Zimmer des Apartments und schaute in den Kleiderschrank.

Was soll ich bloß anziehen? Was wird Klaus anziehen? Ein Hemd oder etwas Legeres? Vielleicht ist ein Poloshirt die richtige Wahl?

Er griff in den Schrank und holte das grüne Poloshirt heraus, das ihm seine Mama geschenkt hatte. Ein süßlicher Geruch nach Blumen und Vanille stieg ihm in die Nase.

»Schatz, kannst du mir bitte mein Kleid zumachen?«, rief Anne aus dem Badezimmer.

Leo verdrehte die Augen, ging aber trotzdem zu seiner Freundin. Sie stand vor dem Spiegel und zupfte Haarsträhnen aus ihrer Hochsteckfrisur. Der Reißverschluss ihres Kleides war offen, und Leo zog ihn nach oben.

Anne drehte sich zu ihm um und posierte in verschiedenen Stellungen wie ein Model vor ihm.

»Und? Was sagst du? Habe ich extra für den Urlaub gekauft«, sagte sie und strahlte ihn an.

Leo begutachtete sie von oben bis unten. Das hautenge beigefarbene Kleid passte perfekt zu ihrem dunklen Hautton. Jede Kurve ihrer Weiblichkeit wurde betont. Leo ließ seinen Blick über ihre langen Beine nach unten gleiten.

»Ja, sehr schön. Aber ich würde an deiner Stelle die anderen Schuhe nehmen. Die passen nicht dazu.« Leo zeigte auf das offene, mit Glitzer besetzte Paar, das auf dem Boden aufgereiht mit den restlichen dreiundzwanzig Paaren stand, die Anne für den vierzehntägigen Urlaub nach Gran Canaria mitgenommen hatte.

»Ich finde es toll, dass du so modebewusst bist.« Freudestrahlend schickte sie ihm eine Kusshand.

»Ja, das bin ich wohl. Können wir endlich los? Klaus wartet sicher schon in der Lobby auf uns.« Leo richtete vor dem Spiegel den Kragen seines Poloshirts und strich sich mit den Fingern durch sein dunkelblondes Haar. Seine Gesichtsfarbe hatte sich von einer zarten Blässe in ein dezentes Rosa geändert. Nur die Nase blitzte rot hervor.

Anne schlang ihre Arme von hinten um seine Hüften und lehnte ihren Kopf an seinen Rücken. Er nahm ihre Hände von seinem Körper und drehte sich zu ihr um. Leo schaute von oben auf sie herab. Sie reichte ihm gerade mal bis zur Schulter.

»Ich bin fertig, wir können gehen«, sagte Anne und ergriff seine Hand.

Gemeinsam gingen sie den Flur des Hotels entlang. Anne ließ ihn nicht los. Der Lift kam, und Leo drückte auf den Knopf mit der Null. Die Türen schlossen sich, der Lift setzte sich in Bewegung.

In der klimatisierten Lobby empfing sie ein angenehm kühler Luftzug. Vermutlich hielt sich die Temperatur so gut, da nicht nur der Boden, sondern auch die Wände mit einem beigen Naturstein ausgekleidet waren. Durch das Glas, das in die Decke eingelassen war, erstrahlte die Lobby im Glanz des Sonnenlichts. Im Empfangsbereich des Hotels standen Tische, Stühle und Sofas, die die Gäste dazu einluden, eine Pause zu machen.

Leo ließ seinen Blick schweifen und entdeckte Klaus, der auf einem Sofa saß und sich mit einem jungen, schwarzhaarigen Mann unterhielt, der Leo fremd war. Schnellen Schrittes ging er auf die beiden zu. Die Hand von Anne hatte er bereits losgelassen, als er aus dem Lift getreten war.

»Hallo, Klaus«, sagte Leo zu dem braun gebrannten Mann, der sich zu ihm umdrehte und ihn mit seinen stechend blauen Augen ansah.

»Hallo, Leo. Darf ich vorstellen? Das ist Juan. Er wird uns heute die coolsten Locations der Insel zeigen.«

Leo erwiderte den Händedruck von Juan und lächelte gezwungen. Innerlich war er aufgewühlt. Seine rechte Hand ballte sich leicht zur Faust.

Was will denn der Typ hier? Wo hat Klaus denn diesmal wieder einen Betthasen aufgegabelt? Hört das nie auf?

Klaus stand vom Sofa auf und ging auf Anne zu. »Toll siehst du aus.« Er küsste sie rechts und links auf die Wange.

»Können wir jetzt endlich los?«, sagte Leo und deutete auf die große Glastür am Ende der Lobby.

Klaus klopfte ihm auf die Schulter und lachte. »Heute zu viel Sonne abbekommen, mein Freund? Oder warum hast du so eine miese Laune?«

»Komm, lasst uns doch ein Gruppenfoto machen. Zur Erinnerung.« Juan zückte sein sich und strahlte. Leos Miene wirkte wie in Stein gemeißelt. »Alle lächeln«, sagte Juan und drückte auf den Auslöser. »Los, gehen wir. Heute machen wir die Nacht zum Tag.«

Anne stöckelte zu Leo und ergriff wieder seine Hand. Er schaute Klaus und Juan hinterher, die bereits einige Schritte vor ihnen durch die Glastür ins Freie gingen und sich vergnügt unterhielten.

Leo erhöhte sein Tempo und zog Anne hinter sich her.

»He, was soll das?«, fuhr Anne ihn an. »Renn doch nicht so! Mit meinen Absätzen kann ich nicht so schnell gehen.«

Leo ließ sich nicht beirren und hielt seine Geschwindigkeit. Juan sollte keine Möglichkeit haben, sich an Klaus ranzuschmeißen. Schließlich war Klaus doch sein bester Freund, und so jemand wie Juan war nicht gut genug für ihn.

3

Mia stand in dem kleinen Nebenraum, der nur durch einen Vorhang vom Laden abgetrennt war. Sie räumte den Karton mit der neuen Sommermode für Babys und Kleinkinder aus, den ihr Vater heute Morgen aus dem Lager in Salobre gebracht hatte. Sie hängte die Sachen sorgfältig auf einen Kleiderständer und versah sie mit Preisschildern. Dann schob sie den Kleiderständer in den Verkaufsraum.

Die Glocke über der Eingangstür klingelte, und Mia drehte sich um. Die Frau trug ein schimmerndes Kleid, das ihr gerade so über die Pobacken reichte. Durch das Sonnenlicht, das durch die großen Fenster hereinschien, funkelte es in bunten Farben. Die dunkelbraunen Haare hatte sie aufgesteckt und kräftig toupiert, als wäre sie unterwegs zu einem Ball. Wild fuchtelte sie mit einer Zeitung vor sich herum. Ihr Gesicht war knallrot, was aber nicht an der Außentemperatur liegen konnte, da es erst kurz nach zehn Uhr vormittags war und die große Hitze noch nicht eingesetzt hatte.

Sie rannte in ihren High Heels zu Mia, schmiss ihr die *El País* auf den Tresen und deutete auf das Bild, das groß auf der Titelseite prangte.

Mia las die Überschrift. »Nach sieben Jahren schreckliche Gewissheit: Diego Marcos Gonzales tot auf dem Parkplatz vom Palmitos Park gefunden.« Mias Hände zitterten, als sie die Zeitung an sich nahm und den Artikel weiterlas. »Auf die Frage, wo sich der Canario die letzten Jahre aufgehalten habe, ob er vielleicht Opfer einer Entführung gewesen oder im Zusammenhang mit einem Verbrechen untergetaucht sei, möchte die Polizei zum jetzigen Zeitpunkt keine Angaben machen. Allerdings gehen die Ermittler von Selbstmord aus, gab Inspektor Muñoz Díaz der Presse gestern bekannt.«

Mias Knie gaben nach, und sie stützte sich mit ihren Händen auf dem Tresen ab. Mühevoll ging sie die wenigen Schritte zum Hocker und setzte sich darauf. Sie starrte auf das Bild.

»Hast du das verstanden, Mia?«, sagte Ángela und rüttelte an Mias Oberarm.

Mia sah zu ihr auf. Zu einer Antwort war sie nicht in der Lage. In ihrem Kopf kreisten die Gedanken. Das war ein Albtraum.

Ángela umfasste ihre Schultern mit beiden Händen und schüttelte sie kräftig. »Mia? Mia! Jetzt sag doch was!«

»Ich ... ich ... er ...«, stammelte sie, bevor sie

in Tränen ausbrach. Schluchzend saß sie auf dem Hocker, den Blick auf den Boden gerichtet. Ángela trat an sie heran und legte ihr ihren Arm um die Schulter. Die Glocke über der Tür klingelte. Mia schaute nicht auf. Sie starrte weiterhin auf den Boden. Im Moment war sie nicht einmal fähig, einen klaren Gedanken zu fassen.

Mia hörte Ángela mit der Kundin sprechen. »Ja, natürlich. Schauen Sie sich nur um. Ich bin gerne für Sie da, wenn Sie etwas brauchen.«

Das Klackern der Absätze von Ángelas Schuhen kam wieder näher.

»Mia, hör mir zu. Er hat dich nicht verlassen. Hörst du?«

Mia nickte. Die langen braunen Haare hingen ihr ins Gesicht. Mit dem Handrücken wischte sie sich die Tränen von ihren Wangen und schniefte.

Ángela reichte ihr ein Taschentuch und entfernte sich wieder von ihr.

»Kleinen Moment. Ich muss meine Kollegin fragen.« Ángela kam zu ihr zurück. Sie hielt ihr einen hellblauen Strampelanzug hin und flüsterte: »Für zwei bis vier Monate?«

Mia nickte.

Die Schritte entfernten sich wieder.

»Ja, zwei bis vier Monate.«

Die Kundin sprach so leise, dass Mia sie nicht

verstehen konnte. In diesem Moment war ihr das vollkommen egal.

Ángela wird das schon machen oder auch nicht.

»Das wird Ihrem Enkelsohn ganz super stehen. Das ist die neueste Mode. Und dieser Teddybär drauf mit dem Schnuller im Mund ist einfach entzückend.«

Mia stellte sich Ángela, die Party Queen, vor, mit dem Strampelanzug in der Hand, wie sie aufgedonnert mit ihren toupierten Haaren vor der Kundin stand und Worte wie *Teddybär, Schnuller* und *entzückend* in den Mund nahm. Das Bild, das sie dadurch bekam, zwang sie zu einem Lächeln und ließ ihre Gedanken um längst Vergangenes kreisen.

Ángela war das komplette Gegenteil von ihr. Sie ging auf Partys, feierte, bis es wieder Tag wurde, trank Alkohol. Sie trug die teuersten Klamotten. Aussehen war für Ángela das Wichtigste. Und Männer, die Geld hatten. Aus diesem Grund umgab sie sich immer mit älteren, wohlhabenden Herren, die ihr das Leben bieten konnten, das sie sich wünschte.

Sie kannte Ángela noch aus der Schulzeit, damals waren Mia und ihr Vater gerade erst nach Gran Canaria gezogen. Anfangs hatte sie Ángela gehasst. Sie war ihr zu hochnäsig gewesen, damals schon mit ihren zwölf Jahren.

Eines Tages, alle Schüler waren nach Schulschluss nach Hause gegangen, war Mia länger geblieben, weil sie der Lehrerin in der Klasse aufzuräumen half. Da sah sie beim Fahrradständer auf dem Hof Ángela sitzen. Sie hatte die Füße angezogen und ihren Kopf zwischen ihren Händen versteckt.

Sie hatte nur einen Moment gezögert, war dann zu ihr gegangen und hatte sich direkt neben sie gesetzt. Mia sagte kein Wort.

Ángela hob ihren Kopf und schaute sie mit großen Augen an. »Was willst du hier? Verschwinde!«, sagte sie mit tränenerstickter Stimme.

»Ich dachte mir, hier ist ein schöner Platz«, sagte Mia und lächelte sie an.

Ángela rannen wieder die Tränen die Wangen hinunter. »Er hat es wieder gemacht«, stammelte sie.

»Wen meinst du denn, Ángela?«

»Mein Vater. Er hat wieder vergessen, mich abzuholen. Wie komme ich jetzt bloß nach Hause?«

»Weißt du was?«, sagte Mia, stand auf und streckte ihr die Hand entgegen. »Ich habe ein Fahrrad mit einem Gepäckträger. Damit können wir beide zumindest ein Stück gemeinsam fahren. Den Rest laufen wir, okay?«

Das Klingeln der Kasse holte sie ins Hier und

Jetzt zurück. Sie schreckte auf und sah Ángela hinter der Theke stehen, wie sie gerade das Geld in die Kassenlade räumte.

»Sieh mal«, sagte sie mit einem breiten Lächeln im Gesicht und wedelte mit den Geldscheinen. »Ich bin gut im Verkaufen.«

Mia musste lachen. Ángela arbeitete, und es machte ihr sogar Spaß. Das war etwas Neues. Normalerweise ließ sie sich von ihrem reichen Vater oder von ihren »Sugardaddys« aushalten.

»Schön, du lachst wieder.« Ángela schloss Mia in ihre Arme. Dann schritt sie zur Tür, drehte das Schild auf »Geschlossen« und sperrte die Tür zu. »So, jetzt reden wir, okay? Als Erstes brauchen wir einen Kaffee. Ich mach uns schnell einen.« Sie verschwand ins kleine Lager. Mia hörte die Kaffeemaschine surren. Kurze Zeit später kam Ángela mit zwei Tassen in den Händen zurück. »Den ersten Schock hast du überwunden, habe ich gesehen. Also, Diego hat dich nicht verlassen, als du schwanger warst. Er wurde entführt. Da bin ich mir sicher. Wo soll er denn sonst die ganze Zeit gewesen sein?«

»Aber das kann nicht sein«, entgegnete Mia. »Er wollte mit mir und unserem Sohn doch nichts zu tun haben. Er hat mir erklärt, dass er Zeit brauche, um darüber nachzudenken.«

»Seine Familie sagte, so steht es jedenfalls im Bericht, dass sie die ganzen sieben Jahre nichts von ihm gehört haben.«

Ein Klopfen an der Glasscheibe der Eingangstür ließ Mia hochschauen. Als sie sah, wer vor der Tür stand, sprang sie auf und öffnete.

»Schatz? Wieso ist die Tür abgeschlossen? Was ist denn los?«

»Papa, es ist etwas Furchtbares passiert. Ángela hat mir einen Zeitungsbericht gezeigt. Stell dir vor, Diego ist gefunden worden. Tot.« Sie umarmte ihren Vater, der noch zwischen Tür und Angel stand.

»Ja, Schatz. Ich weiß. Das habe ich gelesen. Deswegen bin ich hergekommen, um nach dir zu sehen. Du bist ganz durcheinander. Ich bringe dich nach Hause, okay?« Er strich ihr die Haare aus dem Gesicht und wischte die Tränen von ihren Wangen.

Mia nickte.

»Ángela?«, sagte Mias Vater. »Kannst du auf den Laden aufpassen in der Zwischenzeit? Ich komme gleich wieder und übernehme die Geschäfte, ja?«

»Sí, Señor⁵ König. Mach ich.«

Mia drehte sich zu ihrer Freundin um, die verloren zwischen den Babysachen stand. Aufmunternd schenkte sie ihr ein Lächeln,

---

⁵ Ja, Herr

schnappte sich ihre Handtasche und folgte ihrem Vater aus der Boutique.

Er hatte bereits den Motor seiner schwarzen Limousine angelassen. Mia öffnete die Beifahrertür und sah eine Tasche auf dem Sitz liegen. Ihr Vater ergriff diese blitzschnell, doch bevor er sie auf den Rücksitz legen konnte, sagte Mia: »Was ist denn das für eine schöne Tasche, Papa? Die Farben sind ja wundervoll. Wo hast du die her?«

Richard König hielt die Tasche noch in seinen Händen, und Mia ergriff sie und fuhr mit ihren Fingern über den Stoff.

»Wow, was ist das für ein Leder?«, fragte sie. »Das fühlt sich super zart an.«

»Das ist eine neue Art von Leder. Habe ich im Internet gekauft. Eigentlich für dich zu deinem Geburtstag.« Richard zog leicht an der Tasche, damit Mia sie wieder losließ.

Doch Mia war unglaublich fasziniert davon und hielt sie weiter fest. Die Größe der Tasche war wie für sie geschaffen, obwohl sie doch einen sehr breiten Gurt hatte. Auf der Vorderseite prangten Längsstreifen in Grün, Weiß und Rot. Die Rückseite war oben und unten rot und in der Mitte gelb gefärbt. Wieder strich sie zart über das Leder. So etwas hatte sie noch nie gefühlt, obwohl sie sich mit Mode auskannte.

»Jetzt habe ich die ganze Überraschung

verdorben«, sagte ihr Vater. »Nun muss ich mir etwas anderes für dich einfallen lassen. Ich weiß doch, dass du Taschen sammelst.«

»Papa, bitte gib sie mir gleich. Du brauchst mir nichts Neues zu kaufen. Bis zu meinem Geburtstag sind es doch noch zwei Monate.« Mia setzte einen treuherzigen Blick auf. Als dieser ihren Vater nicht erweichen konnte, folgte ihr Schmollmund. »Bitte, Papa.«

Richard seufzte. Er verdrehte die Augen und ließ die Tasche los. »Ich kann dir nichts abschlagen, Prinzessin. Das weißt du doch. Viel Spaß mit deinem vorzeitigen Geburtstagsgeschenk.«

Mia hauchte ihrem Vater einen Kuss auf die Wange und fing sofort damit an, die Sachen aus ihrer alten Tasche in die neue umzuräumen.

Richard fuhr aus der Parklücke.

4

Unzufrieden mit der Situation und mit mir selbst starrte ich auf den Monitor. Das Licht war aus im Zimmer eins.

Ich brauche Ersatz. Mit Diego hatte ich leichtes Spiel. Doch werde ich jemals wieder so einen tollen Hengst bekommen wie ihn? Er war nahezu perfekt. Anfangs hat er sich gewehrt gegen mich und mein Vorhaben, aber im Laufe der Zeit brachte er mir das, was ich wollte.

Ich überlegte, warum ich das alles machte. Warum mir das Freude bereitete. Vielleicht, weil es mir bereits in die Wiege gelegt worden war. All mein Wissen, das ich besaß, hatte ich von meinem Großvater und aus vielen Büchern. Wegen des Geldes machte ich es nicht. Davon hatte ich mehr als genug. Aber es war aufregend und spannend zugleich. Ich liebte diesen Moment, in dem ich mein Werk endlich bewundern konnte. Man könnte fast sagen, da ging mir einer ab.

Und plötzlich sah ich sie. Nummer zwei. Mein blondes, widerspenstiges Wesen, dem ich damals vor vielen Jahren hatte zeigen müssen, wer der Herr im Hause war. Dass sie tun musste, was ich von ihr verlangte. Sie setzte sich auf in ihrem Bett und starrte direkt in meine Richtung. Sofort schaltete ich auf die Kamera in ihrem Zimmer und zoomte nah an ihr Gesicht heran. Ihr Blick war starr. Kein Lächeln kam ihr über die Lippen. Langsam hob sie ihre Hand und zeigte mit ihrem Zeigefinger auf das leere, dunkle Zimmer direkt gegenüber. Wie es aussah, war auch sie enttäuscht, dass Diego nicht mehr da war. Die beiden schienen miteinander tief verbunden gewesen zu sein.

»Ich besorge dir einen Neuen. Der wird besser als der Alte. Ich verspreche es dir«, sprach ich in das Mikrofon, um ihr Mut zu machen. Sie gab keinerlei Reaktion von sich. Oder vielleicht doch? Ihre Augen hatten sich doch ein kleines Stück geweitet, und ihre ohnehin blasse Gesichtsfarbe war totenbleich geworden. Oder vielleicht bildete ich mir das nur ein? Ich zoomte auf ihre Augen, die sich mit Tränen füllten. Eine davon bahnte sich bereits ihren Weg über die Wange. »Du musst nicht traurig sein wegen Nummer eins. Hab ein wenig Geduld. Du bekommst einen neuen Spielpartner.«

Ich dimmte das Licht in ihrem Zimmer. Sie brauchte jetzt Ruhe. Schließlich sollte sie fit sein, wenn ich das Frischfleisch mitbrachte.

Gedanklich war ich bei der Duschvorrichtung, die ich in allen Zimmern umbauen musste. Nicht dass noch jemand auf die Idee kam, es Diego gleichzutun. Obwohl es keines von meinen Objekten gesehen hatte. Es war bereits Schlafenszeit gewesen.

Ich erinnerte mich an die Anfänge mit Nummer zwei. Sie war meine Erste. Meine Premiere. Das Geräusch, das das Leder der Peitsche auf ihrer Haut hinterlassen hatte, hörte ich heute noch. Das leise Wimmern, das Klirren der Ketten, die Metall an Metall mit jeder ihrer Bewegungen aneinander rieben. Und der Gänsehautmoment, als sie die erlösenden Worte sagte. »Ja, ich mache alles, was du sagst.« Auch heute noch rauften sich bei mir sämtliche Körperhaare um einen Stehplatz, wenn ich an diese Situation dachte. Es war mein Sieg über sie gewesen. Ich hatte ihren Körper, ihren Geist und auch ihre Seele. Sie war *mein*.

5

»Toll, dass wir uns zufällig getroffen haben«, sagte Juan und lächelte Klaus an, der seinen Blick nicht von Juans muskulösem Oberkörper nehmen konnte. Er schien genau sein Typ zu sein.

Sie gingen durch die große Glastür des Foyers nach draußen. Gepflasterte Wege führten zu dem Springbrunnen mit den Engelsfiguren, die Wasser aus ihren Mündern spien. Die gerade untergehende Sonne tauchte alles in ein zartes Orangerot. Die Palmen, die in Reih und Glied gepflanzt waren, bewegten ihre Blätter leicht im Wind, und es sah so aus, als würden sie den vieren zuwinken.

»Ja, wirklich. Schön, dass du mich angesprochen hast. Oder besser gesagt, über den Haufen gerannt hast.« Klaus lachte.

Plötzlich drängte sich Leo zwischen die beiden. Im Schlepptau seine Freundin, die sich laut beschwerte und mehr stolperte, als dass sie ging.

»Na, Jungs? Alles klar?« Obwohl Leo lächelte, bekam Juan das Gefühl, dass er hier wohl nicht erwünscht war. Leos braune Augen verdüsterten sich, als er Juan ansah.

Wenn Blicke töten könnten, würde ich jetzt tot umfallen. Aber was ist denn sein Problem? Leo hat doch eine Freundin.

»Wir beide haben uns gerade darüber unterhalten, wie wir uns kennengelernt haben«, sagte Klaus.

»Und wie habt *ihr* beide euch denn kennengelernt?«, fragte Juan Klaus und deutete auf ihn und Leo.

»Wir kennen uns schon von der Schule. Eigentlich seit dem Kindergarten. Gemeinsam sind wir durch dick und dünn gegangen. Und was wir alles erlebt haben! Da könnten wir Geschichten erzählen, nicht wahr, mein Großer?« Klaus klopfte Leo auf die Schulter.

Gerade hatten sie die Hotelanlage verlassen und überquerten die Straße in Richtung Taxistand, der ein paar Minuten zu Fuß entfernt lag.

»Ja, viele Geschichten«, sagte Leo, und nach einer kurzen Pause fügte er hinzu: »Und manche Geschichten, die wir wohl niemandem je erzählen werden.«

Juan lächelte und hielt dies für einen Scherz. Vielleicht Dummejungenstreiche oder so etwas in der Art. Aber Leo lachte nicht. Auch Klaus' Gesicht blieb ernst.

Was ist bloß zwischen den beiden vorgefallen? Juan zog es vor, nicht näher darauf einzugehen, und wechselte das Thema. »Also, wisst ihr, ich lebe hier auf Gran Canaria schon mein Leben lang. Meine Großeltern besitzen ein Haus in Salobre. Da wohnen wir alle zusammen: meine Großeltern, meine Eltern, meine Schwester mit ihrem Mann und ich.«

»Das sind aber viele Leute in einem Haus. Ist das so groß?«, fragte Klaus, und Juan verlangsamte seinen Schritt, um mit ihm besser ins Gespräch zu kommen.

»Sí, es ist sehr groß«, sagte Juan und fügte mit einem Augenzwinkern hinzu: »Ich habe noch Platz in meinem Zimmer. Mein Bett ist auch groß genug für zwei.«

Leo drängte sich in den Vordergrund, sodass Klaus fast vollständig hinter ihm verschwand. Die Hand von Anne hatte er bereits losgelassen, seine Freundin stöckelte ein paar Schritte hinterher. Juan bekam ein mulmiges Gefühl in der Magengegend.

»Wo gehen wir hin?«, fragte Leo. »Klaus meinte, du zeigst uns Lokalitäten, wo wir abfeiern können. Arbeitest du als Reiseführer?« Seine Augen blitzten, als er sprach.

»Nein, ich bin Künstler. Straßenkünstler. Ich male Bilder, und die verkaufe ich. Ich fand Klaus einfach nett und wollte heute sowieso feiern gehen. Somit dachte ich mir, dass es in einer Runde mehr Spaß macht. Hast du was dagegen?«

»Aha, du findest Klaus also nett.«

Noch bevor Juan etwas entgegnen konnte, mischte sich Klaus in das Gespräch ein. »Leo, du solltest Anne helfen, denke ich mal. Sie kommt nicht mehr hinterher. Hilf deiner Freundin und lass den Scheiß, okay?« Klaus deutete auf Anne, die leise fluchend versuchte, mit ihnen Schritt zu halten.

»Ich glaube nicht, dass du mir zu sagen hast, was ich zu tun und was ich zu lassen habe. Aber wie du meinst. Renn in dein Unglück.« Leo blieb stehen. Anne zog ihre Schuhe aus und drückte sie ihm in die Hände.

Juan lächelte.

Das ist gut, Klaus hat Interesse an mir. Es war eine gute Idee, ihn davon zu überzeugen, gemeinsam in die Disco zu gehen.

Am Taxistand angekommen stieg Juan mit Klaus hinten ein.

»Ich sitze auch hinten«, sagte Anne und setzte sich auf die Rückbank. »Nicht dass der Taxifahrer mich begrapscht.«

Leo seufzte. Ihm blieb nichts anderes übrig, als vorne auf dem Beifahrersitz Platz zu nehmen.

6

»*Hola⁶,* Cristiano«, begrüßte Sarah ihn und bedeutete ihm mit einer Handbewegung, ins Haus zu kommen. »Carlos ist im Arbeitszimmer. Er wartet schon auf dich. Ich mache gerade Tee. Möchtest du auch einen?«

Cristiano küsste Sarah links und rechts auf die Wange und sagte: »Gerne, ja. Ich kenne den Weg.« Er zog die Schuhe im Vorraum aus und schlüpfte in die Pantoffeln, die Sarah ihm hingelegt hatte. Der Fliesenboden war für nackte Füße einfach zu kalt.

»Cristiano, du hattest gestern Abend ja ein Date, oder? Wie lief es? War sie nett?«

Cristiano verdrehte die Augen und legte seine Stirn in Falten. »Schweigen schützt vor Mitleid«, sagte er und sah auf den Boden.

Im ersten Moment überlegte Sarah, lachte dann aber herzhaft los.

Cristiano sah sehr gut aus. Bei seinen dunkelgrünen Augen und den kurzen braunen Haaren musste doch jede Frau schwach werden.

6   Hallo

Er war gerade zwei Jahre älter als sie selbst, verdiente gut in seinem Job, hatte aber bisher bei den Frauen kein Glück gehabt. Im Gegensatz zu ihm hatte sie ihr Glück bereits gefunden. Oder besser gesagt, Carlos hatte sie gefunden. Sie schmunzelte bei diesem Gedanken und ging in die Küche. Sie gab den Teebeutel in die Kanne und goss diese mit dem kochenden Wasser aus dem pfeifenden Teekessel auf. Auf ein Tablett stellte sie drei Tassen und einen Teller mit Keksen. Einen Keks steckte sie sich sofort in den Mund.

Wenn ich so weiteresse, werde ich bald dreißig Kilo mehr auf den Rippen haben.

Dann schnappte sie sich das Tablett und ging damit durch das Wohnzimmer in Carlos' Arbeitsraum. Die Tür war angelehnt, und sie ließ sie mit einem Stoß ihrer Hüften schwungvoll auffliegen.

Cristiano und Carlos saßen an dem runden Tisch in der Mitte des Raumes. Da das Büro an zwei Seiten Fenster mit herrlichem Ausblick auf den bunten Garten hatte und die Wände und die Decke in Weiß gestrichen waren, hatten sie beim Einzug vor einem halben Jahr beschlossen, alle Möbel für diesen Raum in Dunkelgrau zu kaufen. Dies harmonierte mit den weißgrauen

Fliesen am Boden, die eine leichte Holzoptik besaßen. Auf der Tischplatte lagen bereits Fotos vom Tatort, Untersuchungsergebnisse und Berichte kreuz und quer durcheinander.

Carlos sprang sofort auf und nahm ihr das Tablett ab. »Du sollst doch nicht schwer tragen. Ich mache das. Du musst dich ausruhen, hat der Arzt gesagt.«

»Ich bin schwanger, nicht sterbenskrank. Der Arzt hat gesagt, falls ich dich daran erinnern darf, ich soll mich mehr ausruhen. Das heißt aber nicht, dass ich den ganzen Tag im Bett bleiben muss.«

Cristiano räumte eine Stelle auf dem Tisch frei.

Carlos stellte das Tablett ab und ging wieder auf Sarah zu, die schmollte. »*Mi cariño*[7]. Ich liebe dich einfach und auch unser Baby. Und ich will nicht, dass euch beiden etwas zustößt oder dass du dich überarbeitest.« Zärtlich küsste er sie auf die Stirn.

Sarah konnte nicht anders. Sie lächelte. Das Gefühl, das er ihr jeden Tag gab – seine Prinzessin zu sein –, war für sie unbeschreiblich. Es war gerade mal eineinhalb

---

[7]   Mein Liebling

Jahre her, da hatte sie sich noch geweigert, überhaupt etwas mit ihm anzufangen. Er gab ihr die Zeit, die sie brauchte, um zu verstehen, dass er ihr Prinz auf dem schwarzen Ross war, von dem sie schon als Kind geträumt hatte.

»Sarah, wann ist es denn so weit? Wisst ihr schon, was es wird?«, fragte Cristiano, der die beiden schmunzelnd beobachtete.

»In drei Monaten. Der Arzt meinte heute … warte, ich zeig dir was.« Sarah löste sich aus Carlos' Umarmung, schlurfte in den Vorraum, um ihre Handtasche zu holen, und kramte Sekunden später darin herum.

Carlos lachte. »Du mit deiner Handtasche. Da ist der halbe Haushalt drinnen. Inklusive Holzkochlöffel.«

»Kochlöffel?«, hakte Cristiano nach. »Ich meine, es ist schon ein Wahnsinn, was ihr Frauen mit euch herumschleppt, aber einen Kochlöffel?«

Sarah lachte und strich sich die Haare aus dem Gesicht. Sie hatte in der Zwischenzeit ihre Geldbörse gefunden und zeigte Cristiano das Ultraschallbild. »Du übertreibst, Carlos. Das war nur einmal.«

»*Vale,* Schatz. Nur einmal, ja. Du bist und bleibst eine Chaotin«, sagte Carlos, und ein spitzbübisches Grinsen huschte über sein Gesicht. Dann wandte er sich Cristiano zu: »Der Arzt hat gesagt, es wird ein Junge.« Carlos zeigte auf das Schwarz-Weiß-Bild, dessen Konturen er zärtlich mit seinem Finger nachfuhr. »Raúl Víctor wird er heißen. Raúl hieß mein Großvater väterlicherseits. Sieh mal, da kann man schon alles erkennen.«

Sarah schaute auf die beiden, die sich gerade darüber unterhielten, ob dies nun der Arm oder das Bein vom Baby war, das man nur millimetergroß erkennen konnte. Ihre Gedanken drifteten ab in die Zeit, als sie und Carlos sich kennengelernt hatten. Nie hätte sie es für möglich gehalten, dass Carlos, der äußerlich wie ein Casanova wirkte und immer ein freches Grinsen und einen flotten Spruch auf den Lippen hatte, so eine einfühlsame, sanfte Art besaß. Er war fürsorglich, und ihr war eines klar: Er würde ein toller Vater und auch bald ein toller Ehemann werden.

Das Kinderzimmer war bereits jetzt schon fertig eingerichtet. Allerdings hatte Carlos es vorgezogen, es in einem beigen Farbton zu streichen, falls es doch zu einer Überraschung käme, so wie bei seiner Schwester. Da lag seine Nichte nun in einem babyblauen Zimmer, weil der Arzt bei der Ultraschalluntersuchung gemeint hatte, es wäre ein Junge. Sarah lächelte, als sie in Erinnerungen schwelgte.

»Schatz? Geht es dir gut?« Carlos ergriff sie am Unterarm und holte sie damit wieder ins Hier und Jetzt zurück.

»Ja, alles gut. «

Cristiano war bereits wieder vertieft in seine Arbeit und notierte sich in seinem Notizbuch Daten aus dem Bericht, der vor ihm lag. Carlos zog einen Stuhl unter dem Tisch hervor, und Sarah setzte sich darauf. Er nahm ebenfalls wieder Platz und betrachtete das Bild des Toten näher.

»Ich wusste gleich, dass ich ihn irgendwoher kenne«, sagte er. »Wahnsinn. Vor sieben Jahren verschwunden und jetzt tot aufgefunden. Der Gerichtsmediziner meint, dass es Selbstmord war. Es wurden keine Verletzungen, die auf Fremdverschulden hinweisen, an seinem Körper gefunden. Es befanden sich auch keine Rückstände von Drogen in seinem Blut. Der Fundort war nicht der Tatort. Als die Rettungskräfte eintrafen, war Diego bereits seit vier bis fünf Stunden tot. Anhand seines körperlichen Zustandes kann auch der Gerichtsmediziner nicht angeben, wo Diego die letzten sieben Jahre war. Er war gepflegt und gut ernährt. Die letzte Mahlzeit, die er zu sich nahm, bestand aus Rindfleisch, Bohnen und Kartoffeln. Das Rote an seinem Mundwinkel war Ketchup. Allerdings wurden beim Opfer fremde Schamhaare auf seinen Genitalien festgestellt. Wir hoffen, dass wir die DNA ermitteln können und diese auch gespeichert ist.«

Carlos stand auf und drehte sich zu der Korktafel um, die die gesamte hintere Wand ausfüllte. Auf dieser Tafel sah Sarah Fotos von verschiedenen Frauen hängen, die mit Klebeband befestigt waren.

»Die Jahreszahl ist das Entführungsjahr, nehme ich mal an«, sagte Sarah und zeigte auf die Zahlen, die auf jedem Foto standen.

Carlos nickte. »Fällt dir etwas auf bei all diesen Frauen hier?«

Sarah stand auf und schaute sich die fünf Fotos genauer an. Alle Frauen lächelten. Zwei hatten blonde Haare, eine schwarze, eine rote und eine braune. Drei waren dunkelhäutig und zwei mitteleuropäischer Herkunft. Auch vom Alter her ließ sich für Sarah kein Zusammenhang feststellen. Eine war beinahe noch ein Teenager, während eine andere offensichtlich auf die vierzig zuging.

Sie schüttelte den Kopf. »Nein, für mich erschließt sich kein Zusammenhang. Sag mir, was haben diese fünf Frauen gemeinsam?« Sarah schaute Carlos fragend an.

Cristiano horchte interessiert auf und hielt seinen Finger auf den Absatz im Bericht, den er zuletzt gelesen hatte.

»Das ist das große Problem«, antwortete Carlos. »Ich kann es dir auch nicht sagen. Ich habe Tage damit verbracht, mir den Kopf zu zermartern, ich habe mit unzähligen Leuten gesprochen. Aber kein Detail passt auf alle. Wir wissen, dass zwei von ihnen zum Zeitpunkt der Entführung schwanger waren. Aber keine von den fünf wurde jemals am gleichen Ort gesehen. Es gibt absolut keine Verbindung zwischen ihnen.«

»Echt? Zwei sind schwanger gewesen? Das muss ja die Hölle sein, genau in so einer Lage entführt zu werden.« Sarah strich sich mit der flachen Hand über ihr Babybäuchlein.

7

Genervt sprang Leo aus dem Taxi und öffnete die Hintertür. Die zehn Minuten Fahrt hatten ihm übel zugesetzt. Das ständige Gekicher und Geplänkel von Klaus und Juan brachte ihn zur Weißglut. Die spanische Musik, die aus dem Autoradio dröhnte, war zu laut gewesen, um das komplette Gespräch auf der Rücksitzbank mitzubekommen.

Klaus hatte Tränen in den Augen, so herzhaft lachte er. Leo wurde innerlich heiß, fast könnte man sagen, er kochte. Er musste sich zusammenreißen, dass er, als Klaus aus dem Taxi ausstieg, nicht die Tür hinter ihm vor Juans Nase zuschlug.

Juan zeigte auf das schwarze Gebäude mit der roten Leuchtschrift. »Hier werden wir heute Spaß haben, nicht wahr, Klaus?«, sagte er und grinste Leo frech an.

Anne ergriff Leos Hand. Er ließ es zu, allerdings galt seine Aufmerksamkeit den beiden Männern vor ihm. Juans Hand ruhte auf der Schulter von Klaus. Je mehr er sich dieses Bild vor Augen führte, während sie die Stufen zum Eingang der Disco hinabgingen, umso bedrohlicher wurde die Hand von Juan.

Der Feind greift an.

Rock 'n' Roll drang an seine Ohren und wurde mit jedem Schritt, den er sich der Tür näherte, lauter. Eigentlich genau seine Musikrichtung. Er mochte das Feeling des schnellen Taktes und das Tanzen. Doch heute hatte er auf all das keine Lust. Ein einziger Gedanke kreiste in seinem Kopf.

Wie um Himmels willen krieg ich diesen Typen von Klaus weg?

Der Türsteher, der rechts neben dem Eingang stand, bekleidet mit einem dunklen Anzug und einem weißen Hemd, nickte nur, als Leo an ihm vorbeiging.

Eine Menge Leute tanzten bereits zu der an einem roten Klavier gespielten Musik. Die Säulen in der Disco waren zu beiden Seiten der Tanzfläche ebenfalls in Rot, genauso wie die Theke. Die Lichtkegel schwirrten über den Boden. Die Party war bereits in vollem Gange. Leo staunte nicht schlecht, als der Pianist sich von seinem Hocker erhob und sich daraufstellte. Trotz der Verrenkungen, die er auf dem Hocker machte, hämmerte er weiter in die Klaviertasten. Die Menge schrie und jubelte.

Auch Leo ließ sich von der Stimmung, die hier herrschte, mitreißen. Seine Hüften bewegten sich zu der Musik und berührten im Takt Anne, die direkt neben ihm stand.

Leo war ganz in seinem Element und vergaß alles um sich herum. Die Musik übertönte all seine Gedanken. Der Pianist spielte einen Song nach dem anderen und sang in das Mikro. Anne hatte sich bereits Leos Hände gegriffen, und beide legten einen flotten Tanz auf das Parkett.

Völlig außer Atem zog Anne ihn zu sich. »Ich brauche eine Pause. Lass uns doch an die Bar gehen.«

Leo nickte und ließ seine Augen in der Disco umherschweifen. *Wo ist Klaus?*

Anne zog Leo mit sich. Er folgte ihr, aber sein Blick analysierte die Menschen im Raum. Er sah weder Klaus noch Juan. Er löste sich von Annes Hand.

»Bestell mir eine Cola. Ich geh mal auf die Toilette.«

Anne nickte, und Leo verschwand in der Menge.

Irgendwo muss er ja sein. In Luft aufgelöst haben die beiden sich wohl kaum.

Leo ging zurück zum Eingang und schaute durch die Glastür ins Freie. Aber Klaus war nicht dort.

Warum habe ich nicht aufgepasst?

Die Toilettenräume. Vielleicht waren sie ja dort. Leos Augen suchten nach dem Hinweisschild, und kurz darauf drängte er sich zwischen den tanzenden Leuten hindurch. Er hörte die Musik nicht mehr, obwohl er direkt neben den Lautsprechern vorbeiging. Die Stimme in seinem Kopf schrie zu laut. Irgendetwas stimmte hier nicht. Er machte die Tür auf, auf der »Aseos« stand, und folgte dem Pfeil mit dem Männchen an der Wand.

Im Gang war es um vieles ruhiger, und er hörte Gekicher aus einem der Waschräume. War das Klaus?

Er riss die Tür vom Toilettenraum auf und sah Klaus an der weiß gefliesten Wand stehen. Vor ihm Juan, der gerade seinen Hals küsste. Klaus hatte die Augen geschlossen und genoss offensichtlich die Liebkosungen.

»Was macht ihr denn da?«, fragte Leo und stemmte seine Hände in die Hüften. In seinem Körper vibrierte es, und die Hitze, die von innen kam, breitete sich bis in seine Füße aus.

»Wonach sieht es denn aus?«, fragte Klaus, ohne seine Augen zu öffnen.

»Wir müssen reden«, sagte Leo, ging auf die

beiden zu und zog Juan von seinem Freund weg.

»Spinnst du? Lass das!« Juan sah ihm direkt in die Augen. Ein gefährliches Funkeln lag darin. Aber Leo ließ sich davon nicht beeindrucken.

»Okay, okay.« Klaus hob die Hände. »Juan, lass uns bitte kurz allein. Ich muss das jetzt mit Leo endgültig klären.«

Juan verließ die Toilette, nicht ohne vorher etwas auf Spanisch zu murmeln. Die Luft in dem kleinen Raum war so dick, dass man sie kaum atmen konnte.

Klaus verschränkte seine Arme vor der Brust und lehnte sich an die Mauer. Er neigte seinen Kopf leicht zur Seite und legte die Stirn in Falten. »Gut, was ist? Was soll das?«

»Klaus, weißt du noch? Vor sechs Jahren?« Leo zitterte. Er hatte keine Ahnung, wie er es ihm sagen sollte.

»Du meinst den Kuss? Geht es darum? Darf ich keinen anderen küssen? Du hast mir damals erklärt, dass du nicht schwul bist. Also, was willst du von mir?«

Leo schaute auf den Boden. Er konnte Klaus jetzt nicht in die Augen sehen und ihm die ganze Wahrheit erzählen. »Ja, ich weiß, was ich damals gesagt habe. Das mit Anne war ein

Fehler. Es war doch nur, um dich ... und das damals ... weil ... ich ...«

»Jetzt stammel nicht so rum. Ich habe keine Lust auf dieses Gespräch. Ehrlich nicht. Ich will hier Spaß haben, verstehst du das? Und den hole ich mir jetzt.« Klaus stieß Leo zur Seite und stürmte aus dem Raum. Mit einem Knall fiel die Tür hinter ihm zu.

Leo stand da. Unfähig, sich zu bewegen.

Ich muss hier raus. Weit weg. Weg von Klaus. Ich kann das alles nicht mehr.

Er riss die Tür auf und rannte den Gang entlang. Links war der Durchgang, der ihn wieder in die Disco führen würde. Zurück zu Klaus. Zurück zu Anne. Zurück in die Realität. Geradeaus war eine Metalltür, die als Notausgang ausgezeichnet war. Er musste seine Gedanken ordnen und sich über seine Gefühle klar werden.

Warum habe ich bloß gesagt, dass das mit Anne ein Fehler war? Sie ist doch meine Freundin. Ich kann nicht mehr. Das ist zu viel.

Tränen schossen ihm über die Wangen. Sein Brustkorb zerbarst fast unter dem Druck, den sein schneller Herzschlag auslöste. Ruckartig öffnete er den Notausgang und stand im Hinterhof der Disco. Der Gestank von Abfall stieg ihm in die Nase. Leo sah sich um. Eine schmale Gasse führte zwischen den Gebäuden hindurch auf die Hauptstraße, wo sie alle mit dem Taxi angekommen waren.

Warum verstand Klaus ihn nicht? Das alles ging doch schon seit Monaten so.

Und seit Anne in sein Leben getreten war, war es noch schlimmer geworden und Klaus hatte sich noch mehr von ihm entfernt. Leo mochte Anne. Sie war immer hübsch angezogen, pflegte sich und war auch charakterlich ein tolles Mädel. Wenn sie ihn vor fast neun Monaten nicht einfach geküsst hätte, wären die beiden sicherlich nicht zusammengekommen.

Die Situation überforderte ihn. Alles prasselte auf ihn ein. Sein Vater, der ihm ständig mit seinem Wunsch nach Enkelkindern in den Ohren lag. Seine Mutter, die sich sehnlichst eine Schwiegertochter wünschte. Anne hatte vor, mit ihm in eine gemeinsame Wohnung zu ziehen. Klaus mit seinen Bettgeschichten. Und nicht einer dachte daran, was er wollte.

Aber was will ich eigentlich? Weiß ich das überhaupt? Anne zu verlieren, fühlte sich genauso schrecklich an, wie Klaus zu verlieren.

»Warum laden alle ihre Sorgen und Probleme

auf meine Schultern ab?«, murmelte Leo vor sich hin und kickte eine Coladose, die vor ihm auf dem Boden lag, gedankenverloren gegen die Hauswand. »Warum nur? Warum immer auf mich?«, schrie Leo in das schwarze Nichts des Hinterhofes. Er senkte seinen Kopf und ging los in Richtung Straße, um von Klaus und auch von Anne wegzukommen.

»Was meinst du damit?«

Leo erschrak. Er drehte sich um, und ein Mann mittleren Alters stand direkt vor ihm und lächelte ihn freundlich an. Leo hatte ihn zuvor nicht wahrgenommen, zu sehr war er mit sich selbst beschäftigt gewesen. *Hat er hier bereits gestanden, als ich herauskam, oder ist er durch die Tür geschlichen?*

»Ach, nichts.« Leo hatte keine Lust auf ein Gespräch mit dem Fremden. Derzeit wollte er weder reden noch etwas fühlen. Er war gerade im Begriff, sich zur Straße zu wenden, als der Mann ihm einen Becher hinhielt und diesen mit einer dunklen Flüssigkeit aus seinem Flachmann füllte.

»Was ist das?«, fragte Leo und roch daran. Dem Geruch nach war es Rum oder Whiskey. Leo kannte sich in Sachen Alkohol nicht besonders gut aus. Er trank sehr selten, und wenn, dann nur Alkopops. Harte Sachen mied er.

»Trink, das wird dich deine Sorgen vergessen lassen«, sprach der Fremde und nippte an seinem Flachmann.

Leo überlegte. Sollte er diesem Mann vertrauen? Aber er hatte so ein gutmütiges Lächeln auf den Lippen. *Und er kann mir nichts ins Getränk getan haben. Schließlich hat er selbst aus dem Flachmann getrunken.*

Leo setzte zum ersten Schluck an. Das Zeug fraß sich seine Kehle hinab bis in den Magen, wo es eine angenehme Wärme hinterließ. Leo trank noch einmal. Er wollte nur vergessen.

»Wie heißt du denn?«, fragte der Mann.

»Leo.«

8

Cristiano fuhr den gepflasterten Weg entlang. Die Palmen am Wegesrand wurden mit Scheinwerfern von unten angeleuchtet. Er blickte auf das Armaturenbrett. 2:27 Uhr. Das Hotel vor ihm glich in seiner Architektur einem Schloss. Die beiden Türme, die links und rechts in den Himmel ragten, rundeten dieses Bild zusätzlich ab. Das gewölbte Vordach wurde von steinernen Säulen gehalten, in die winzige Leuchtkörper eingelassen waren. Es sah fast aus, als wären es Sterne, die den Eingangsbereich erhellten.

Eines der Polizeiautos, die in der Einfahrt gestanden hatten, brauste gerade mit Blaulicht davon. Cristiano seufzte. Mitten in der Nacht aus dem Bett geholt zu werden, war eine der Schattenseiten seines Jobs. Er parkte sein Auto direkt vor dem Eingang. Bereits als er ausstieg, lief ein Kollege auf ihn zu.

»*Buenas noches*[8]. Der Mann, der vermisst wird, ist sechsundzwanzig. Laut Aussage seiner

Freunde waren sie gemeinsam in einer Disco in Playa del Inglés. Die Kollegen sind bereits auf dem Weg dorthin.«

Cristiano nickte und folgte dem Beamten ins Hotelfoyer, wo ein aufgebrachter muskulöser Mann auf einen Kollegen von ihm einredete und eine Frau auf einem Sofa saß und weinte.

Als er von dem Mann entdeckt wurde, rannte dieser sofort wild gestikulierend auf ihn zu. »Sie sind ein Inspektor, ja? Dann sagen Sie Ihren Kollegen bitte, dass sie endlich mit der Suche nach meinem Freund anfangen sollen.«

»Bitte beruhigen Sie sich erst mal«, entgegnete Cristiano. »Mehrere Polizisten sind bereits unterwegs. Also, wie ist Ihr Name, und was ist genau passiert?«

»Mein Name ist Klaus Worter. Das hier ist Anne Oblig.« Er zeigte auf das Häufchen Elend, das auf dem Sofa kauerte und etwas Unverständliches vor sich hin murmelte.

»*Señor* Worter, bitte setzen Sie sich. Mein Name ist Cristiano Ruiz Gomez. Erzählen Sie mir, was passiert ist.«

»Also, wir waren in dieser Disco in Playa del Inglés. In dieser, wo das rote Klavier drinnen steht. Keine Ahnung, wie die heißt. Und ... na ja, ich habe mich mit Leo gestritten, und dann bin ich eben abgehauen. Und seitdem fehlt von ihm jede Spur.«

»Langsam, *Señor* Worter. Wir werden gemeinsam Ihre Geschichte Schritt für Schritt durchgehen. Leo heißt mit Nachnamen wie?«

»Leopold Neumann.« Klaus starrte ihn an, als Cristiano seinen schwarzen Notizblock aus der Hosentasche holte und den Namen notierte.

»Gut, und warum haben Sie nicht sofort die Polizei gerufen?«

»Weil wir dachten, dass er allein ins Hotel zurück ist«, sagte Klaus und fuhr sich mit den Fingern durch sein schwarzes Haar. »Wissen Sie, Leo wollte mir etwas sagen, denke ich. Aber ich hatte da so einen Typen am Start. Juan hieß er. Und na ja …«

»*Vale,* also Sie sind homosexuell. Und Ihr Freund Leo auch? Könnte es nicht sein, dass er in eine andere Bar ging? Und wo ist dieser Juan jetzt?«

»Nein, Leo ist nicht schwul. Anne ist seine Freundin. Wir sind das erste Mal hier auf Gran Canaria. Keiner von uns dreien kennt sich hier aus. Wir sind vor zwei Tagen gelandet. Juan hat mich sitzen gelassen, als ich ihm aus der Toilette nachlief.«

»Okay, eines nach dem anderen«, sagte

Cristiano. »Sie waren mit diesem Juan in der Toilette. Und dann? Was ist dann passiert? Kam Ihr Freund Leo dann dazu, und dort haben Sie sich gestritten?«

»Ich habe mit Juan in der Toilette herumgefummelt, dann kam Leo hereingestürmt und wollte unbedingt mit mir reden. Ich wollte aber nicht mit ihm sprechen und bin Juan nach, der kurz zuvor den Raum verließ. Als ich Juan in der Disco fand, erklärte er mir, dass er keinen Bock auf diesen Kindergarten hat, und dann ist er abgehauen. Ich bin allein an die Bar, um mich zu besaufen. Ich hatte mich doch auf einen schönen Abend gefreut und natürlich auf eine heiße Nacht. Nach einer Weile kam Anne aufgeregt auf mich zu und erzählte mir, dass sie Leo nirgends finden kann. Somit sind Anne und ich ihn suchen gegangen. Als wir ihn in der Disco nicht fanden, sind wir mit dem Taxi ins Hotel zurück, in der Hoffnung, ihn hier zu finden. Aber im Zimmer war er nicht, und auch sein Bett ist unbenutzt. Angerufen habe ich ihn gefühlte tausend Mal. Aber sein Handy ist aus. Bitte finden Sie ihn.« Flehend, wie zu einem Gebet, hielt er die Hände vor Cristianos Gesicht.

»Haben Sie ein Foto von Leo?«

Klaus zückte sein Handy und fuhr mit dem Zeigefinger über das Display. »Ja, hier«, sagte er und drehte den Bildschirm zu Cristiano.

Er sah Klaus, der eine Grimasse zog und die Zunge herausstreckte. Das Gleiche machte auch der blonde Mann, dem Klaus die Hand auf die Schulter gelegt hatte.

9

Leo öffnete die Augen. Sein Schädel brummte. Benommen setzte er sich auf und blinzelte. Das helle Licht verstärkte seine Kopfschmerzen. Er griff sich mit den Händen an die Schläfen und schloss nochmals kurz die Augen. *Was ist bloß passiert?*

Nach mehrmaligem Blinzeln verschwanden die schwarzen Punkte, und er konnte klar sehen. Er sah eine große Fensterscheibe vor sich, worauf die Nummer eins geschrieben stand. Außerhalb war alles schwarz. *Wo bin ich bloß?* Er ließ seinen Blick schweifen. Auf drei Seiten besaß der Raum, der nicht viel größer war als das Bad ihres Hotelzimmers, durchgehende Glasscheiben. In der oberen Hälfte waren in gleichmäßigen Abständen Löcher in das Glas gebohrt. Die vierte Wand des Raumes bestand vollständig aus Metall, vom Boden bis zur Decke. Womöglich diente sie als Tor, denn irgendwie musste er ja hier hereingekommen sein. In Hüfthöhe war eine Klappe eingebaut, die sich anscheinend nur von außen öffnen ließ.

Er saß auf dem Boden, der grau gemustert

war und eine angenehme Wärme abstrahlte.

Verwirrt blickte er sich weiter um und entdeckte über sich eine Art Duschkopf, der aus der weißen Decke ragte und rundherum mit einem Ring versehen war. Rechts neben der Duschvorrichtung stand eine Toilette. Aber keine gewöhnliche, sondern eine, die Leo von den Campingausflügen mit seinen Eltern kannte. Die Neonröhre, die in der Mitte der Decke angebracht war, blendete ihn, sodass er blinzeln musste.

Da fiel ihm auf, dass ein dünnes Rohr auf der Außenseite verlief und durch ein Loch im Glas ins Innere führte. Leo ging darauf zu und betrachtete es. Das Rohr stand etwa zwanzig Zentimeter in den Raum hinein und war mit einer Glaskugel, die in der Mündung des Rohres steckte, abgedichtet. Leo tippte die Glaskugel an, und es tropfte Wasser heraus. Das erinnerte ihn an seinen Goldhamster, den er als kleiner Junge besessen hatte. Dieser hatte ebenfalls so eine Tränke in seinem Käfig gehabt, nur eben um ein Vielfaches kleiner. *Ob sich der Hamster damals ähnlich gefühlt hat in seinem Käfig? So wie ich jetzt? Wo bin ich bloß? Wie bin ich hierhergekommen?*

Etwas schnürte ihm die Kehle zu. Er drehte

sich um und stieß mit dem Knie an ein Bett. Sorgfältig sortiert lagen darauf ein Handtuch, eine Jeans, Unterwäsche, Socken und ein T-Shirt. Das Metallgestell vom Bett war am Boden verschraubt.

Verwirrt von den ganzen Eindrücken überlegte er, was er tun könnte, um hier wieder herauszukommen. Plötzlich setzte eine ohrenbetäubend laute Musik ein, die durch den Lautsprecher über ihm in den Raum schallte. Zuerst nur ein Bass, gefolgt von einer E-Gitarre. Dann ein Sänger. Eigentlich war es kein Sänger, denn Leo hörte nur Geschrei und konnte kein Wort verstehen. Sein Kopf drohte zu zerspringen, und er hielt sich mit seinen Händen die Ohren zu. Vergeblich. Allein der Bass von diesem Lied drang ihm durch Mark und Bein und pochte schmerzhaft in seinem Kopf.

»Aufhören!«, schrie er, aber die Musik blieb. Ihm kam es so vor, als ob sie immer lauter wurde. Er hatte Mühe, seine eigenen Gedanken zu verstehen. Nach endlosen Minuten verebbte der Krach, und es setzte eine beunruhigende Stille ein. Leo atmete auf und nahm seine Hände herunter. In seinem Kopf dröhnte es nach wie vor. In seinem Gehörgang summte es unangenehm.

»Tu, was ich dir sage!«

Leo erschrak, fuhr herum und starrte wie gebannt an die Decke. *Eine Computerstimme.* »Was willst du von mir? Wieso bin ich hier?«, schrie Leo. Wie lange er den Lautsprecher anstarrte und auf eine Reaktion hoffte, konnte er nicht einschätzen. Vielleicht waren es nur Sekunden oder Minuten, doch niemand antwortete. Ein Lichtschein von draußen erregte seine Aufmerksamkeit. Er sah durch die Glasscheibe hindurch, und was er dort erblickte, ließ ihm das Blut in den Adern gefrieren.

In einigen Metern Entfernung standen weitere dieser Glascontainer in einem Halbkreis aneinandergereiht. Ebenfalls hell beleuchtet wie seiner. In dem einen bewegte sich etwas. Da stand eine blonde Frau in dem gegenüberliegenden Container, auf dessen Glasscheibe eine große Zwei prangte, und winkte ihm zu. Ihre Hautfarbe war blass. Die Bekleidung sah aus wie seine: Jeans und T-Shirt.

Da er weder Mond noch Sterne am Himmel sah, ging er davon aus, dass sie sich in einer Art Halle befanden.

»Hey!«, schrie er und hämmerte gegen die Glaswand. »Lasst mich hier raus! Was soll denn das?«

Die blonde Frau legte ihren Zeigefinger an die Lippen und bedeutete ihm so, dass er ruhig sein solle.

Leo hörte ein surrendes Geräusch. Er schaute sich nach allen Seiten um, konnte aber nichts entdecken, was dieses Geräusch verursachte.

Ein Klicken.

Wieder ein Surren.

Plötzlich bebte der Boden, und Leo musste sich mit beiden Händen am Bettrahmen festhalten. Erschrocken blickte er sich um. Sein Körper zitterte. Sein Herzschlag verdoppelte sich. Mit einem Mal schlug das leicht benommene Gefühl in ihm in Panik um. Er klammerte sich an den metallenen Bettpfosten.

Ein Erdbeben?

Sein Glascontainer bewegte sich langsam dem der blonden Frau entgegen, die ihre Handflächen an die Scheibe ihres Gefängnisses drückte. Leo schaute auf den Boden außerhalb und entdeckte eine Art Schienensystem, das über den Beton verlief. Er folgte mit seinen Augen den Schienen, die ihn zu den beleuchteten Containern auf der anderen Seite führten. Anscheinend konnten alle Container auf diese Weise verschoben werden. So wie

Waggons auf einem Bahnhof. Auch der Container mit der blonden Frau ruckte und fuhr seinem entgegen. Die Situation überforderte ihn. Gedanken der Flucht kamen auf, verschwanden aber sofort wieder. Denn wie sollte er hier bloß wieder rauskommen? Die Glaswände waren mehrere Zentimeter dick.

Was kann ich bloß tun? Was soll ich hier? Er kniete sich auf sein Bett und schaute die blonde Frau an, die mit ihrem Container seinem immer näher kam. Sie stand nur da und beobachtete ihn.

Leos Container ruckelte, drehte sich nach links und blieb kurz darauf stehen. Leo musste seine Position ändern, um das Geschehen außerhalb weiterhin beobachten zu können. Das Glasgefängnis der Frau war nur noch gut zwei Meter von ihm entfernt, und auch ihr Container ruckte und bog nun nach rechts ab.

Jetzt war die Frau aus seinem Sichtfeld verschwunden. Nur ein leises Surren vernahm er noch.

Plötzlich ein Quietschen, das sich anhörte, als würde Metall auf Metall treffen, und sein Container wackelte leicht. Leo schaute gespannt in die Richtung, aus der das Geräusch kam. *Was passiert hier?*

Ein lautes Knacken.

Noch ein Knacken.

Leises Surren.

Leo setzte sich im Schneidersitz auf das Bett. Pures Adrenalin pumpte durch seine Adern. Der Mund stand ihm offen, und langsam registrierte er, was hier vor sich ging.

Er sah die Füße der Frau am unteren Ende der sich langsam nach oben verschiebenden Metallwand. Ein leises Surren gefolgt von einem regelmäßigen Knacken war zu hören. Als das Tor halb offen war, beugte sich die Frau nach unten und schlüpfte unter der Kante hindurch in seine Zelle.

Leo starrte sie an. Er bekam kein Wort über die Lippen. Sie war Anfang vierzig, schätzte er. Vielleicht Ende dreißig. Ein freundliches Lächeln lag auf ihrem Gesicht.

»Hallo, Leo. Ich wurde bereits über deine Ankunft informiert. Ich bin Michaela.«

10

»Komm schon«, sagte Juan zu seinem Freund und stieß ihn an. »Nur noch einmal heute, *vale?*«

Beide standen in der Einkaufsstraße von San Fernando und lehnten an einem der Bäume, die als Absperrung zwischen Fahrbahn und Fußgängerweg dienten. Die Sonne brannte vom Himmel. Nur der Baum spendete ein wenig Schatten. Ein Geschäft neben dem anderen. Angefangen von Mode über Kleinkram und einen Spar-Supermarkt bis hin zu einer Apotheke fand man hier alles, was man brauchte oder manchmal auch nicht brauchte. Die für einen Samstagvormittag übliche Menschenmenge drängte sich an den Schaufenstern entlang. Pärchen schlenderten Hand in Hand durch das bunte Treiben in der Fußgängerzone. Die Autos schlichen im Schritttempo über den Asphalt. In einem Café saßen einige alte Männer und spielten Karten. Juan hörte lautes Geschrei. Als er in die Richtung blickte, aus der das Brüllen kam, sah er einen der Alten, wie er seine Karten auf den Tisch schmiss und zahnlos lachte. Er hatte gewonnen.

Juans Freund Pepe schaute sich um. »Gut, einmal noch. Dann müssen wir hier aber abhauen, *vale?*«

Juan schaute auf seine Uhr. Es war kurz vor elf. Er nickte zustimmend.

»Nehmen wir sie?«, fragte Pepe und zeigte auf eine Frau, die von der letzten Stufe eines Geschäftes für Kinderbekleidung auf die Straße trat. Sie drehte sich zur Verkäuferin um und winkte ihr zum Abschied zu. In der linken Hand trug sie eine blaue Plastiktüte mit rosa Aufschrift. Über ihrer rechten Schulter hing ihre Handtasche. Sie ging in die Richtung von Juan und Pepe.

»*¡Venga!*[9] Los geht's! Wir machen es so wie immer.«

Pepe stieß sich vom Stamm des Baumes ab und ging der Frau schnellen Schrittes entgegen. Juan rannte an der Außenseite vorbei und wendete, nachdem er die Frau passiert hatte.

Juan ging dicht hinter der Frau. Pepe hielt mit Juan Blickkontakt, und als dieser nickte, war der Startschuss gefallen.

Pepe rempelte die Frau beim Vorbeigehen an, sodass sie vor Schreck ihre Tüte fallen ließ. Juan bemerkte, wie sie ihre Hand schützend auf den

9   Komm schon

Bauch legte. Er ergriff die Handtasche und wollte sie ihr von den Schultern ziehen. Doch die Frau reagierte blitzschnell und hielt den Riemen fest umklammert. Juan musste nochmals kräftig zerren, bis das Leder schließlich nachgab und riss. Die Frau geriet leicht ins Schwanken und versuchte vergeblich, nach der Handtasche zu greifen. Juan rannte los, als wäre der Teufel hinter ihm her. Die Passanten, die das Schauspiel verfolgt hatten, wichen zur Seite, sodass Juan ungehindert den Tatort verlassen konnte. Niemand hielt ihn auf. Es war wie immer.

Er hörte die Frau schreien, die schon Dutzende Meter hinter ihm war.

»¡Para! ¡Policía, Policía![10]«

Juan sprintete bis zur nächsten Abzweigung, bog dort links ab, rannte die Stufen hinunter und versteckte sich unter der Treppe. Als Erstes zog er seine blaue Kapuzenjacke aus. Er nahm die Kapuze mittels des Reißverschlusses ab und steckte sie in seine Gürteltasche. Er keuchte schwer, die Mittagshitze machte ihm zu schaffen.

Er drehte die Jacke von innen nach außen.

10   Halt, Stopp! Polizei!

Gracias[11], Mamá, für dieses tolle Geschenk.

Auf der Innenseite war die Jacke in einem leuchtenden Grün gehalten. Dann nahm er die gelbe Schirmmütze, die an seiner Gürtelschnalle hing, und setzte sie auf.

Er hörte Schritte, die rasch näher kamen, und schaute auf.

»Und? Was haben wir?«, sagte Pepe völlig außer Atem.

Juan kramte in der Tasche, nahm die Geldbörse heraus. Zuerst steckte er sich die einhundertsechzig Euro in Scheinen ein. Dann kramte er weiter. Den Führerschein und die etlichen Kreditkarten schmiss er in eine dunkle Ecke unter der Treppe. Aus einem der vielen Fächer der Börse förderte er noch einen Fünfzigeuroschein zutage. Zu guter Letzt fiel ihm ein Ausweis in die Hand. Die spanische Flagge darauf war deutlich erkennbar. Daneben stand »Policía Local Canaria«. Auf dem Foto erkannte er die Frau mit den braunen Locken wieder, die er und Pepe gerade überfallen hatten. Vor Schreck ließ er den Ausweis fallen. »Scheiße, das war eine Polizistin!«

Pepe stand vor Schreck der Mund offen.

Sekunden später hob Juan den Dienstausweis

auf und betrachtete ihn eingehend. »Ich denke, den Ausweis nehme ich auch mit. Den werde ich fotografieren und das Foto gleich verschicken. Ist vielleicht ein interessanter Fund.«

11

Sarah schrie noch: »*¡Para!¡Policía, Policía!*«

Doch es war zu spät. Der junge Mann war bereits mit der Handtasche in der Menschenmenge verschwunden. Durch die Wucht des gerissenen Leders war sie unsanft nach hinten geschleudert worden und hatte beinahe das Gleichgewicht verloren. Blitzartig drehte sie sich um. Der andere Mann, der sie angerempelt hatte, war ebenfalls nicht mehr zu sehen. Und alle Passanten standen mit offenen Mündern um sie herum, keiner half ihr.

Sarahs Hand lag noch immer auf ihrem Bauch. Die Schweißperlen, einerseits erzeugt durch die Hitze und andererseits durch die Aufregung, rannen ihr sturzbachartig die Stirn hinab. Ihr fiel das Atmen schwer.

Scheiße. Ist mir schlecht! Verdammt!

Der junge Mann, der keinen Meter von ihr entfernt stand, sah aus, als käme er gerade aus dem Fitnessstudio um die Ecke. Aber anstatt ihr zu helfen, gaffte er sie einfach nur an.

Hätte jemand eingegriffen, wenn ich verprügelt worden wäre?

Diese Frage kreiste in ihrem Kopf. Es war

hier auch nicht anders als in Deutschland. Jeder kümmerte sich nur um sich selbst.

Eine Passantin kam auf sie zu und ergriff sie am Unterarm. »Alles in Ordnung? Soll ich die Polizei rufen?«

Sarah schüttelte den Kopf. Plötzlich hörte sie eine vertraute Stimme hinter sich.

»Komm mit mir in den Laden. Du musst dich zuerst mal von dem Schock erholen. Soll ich deinen Lebensgefährten anrufen, Sarah?« Mia legte schützend den Arm um Sarahs Schulter.

»Ja, ich muss bei dir telefonieren. Mein Handy war auch in der Tasche.«

Mias Geschäft lag nur ein paar Meter entfernt. Sarahs Knie zitterten, und sie war für die Stütze, die Mia ihr bot, dankbar.

Ein ihr fremder Mann kam die Stufen vor dem Laden heruntergelaufen und stützte Sarah auf der anderen Seite.

Dieser Überfall hatte ihr mehr zugesetzt, als sie sich eingestehen wollte. Ihr Herz hämmerte gegen ihren Brustkorb, und das Zittern hatte sich mittlerweile auf ihren ganzen Körper ausgebreitet. Obwohl sie als Polizeibeamtin für solche Situationen trainiert worden war, saß der Schock tief. Trotz ihrer Erfahrung war es ihr nicht möglich gewesen, den Angriff auf sie zu verhindern oder abzuwehren.

»Kommen Sie«, sagte der fremde Mann.

»Papa, wir setzen sie dort drüben hin«, sagte Mia und deutete auf den Ohrensessel, der in der vorderen Ecke des Lokals stand. Sanft ließen sie Sarah in den Sessel gleiten. Mia stellte einen Hocker davor und hob Sarahs Füße darauf.

Sarah war schweißgebadet, ihre nassen Haare klebten ihr an der Stirn. Sie streichelte ihren Bauch, weil sie merkte, dass sich das Baby bewegte. »Alles gut, mein Kleiner. Wir sind in Sicherheit.« Sie zwang sich, so ruhig wie möglich zu sprechen.

»Ich bringe Ihnen ein Glas Wasser, ja? Ich bin Richard König, der Vater von Mia.« Er lächelte sie an und verschwand in der Teeküche hinter dem Vorhang.

»Hier, Sarah, mein Handy«, sagte Mia. »Weißt du die Nummer von deinem Mann auswendig? Brauchst du einen Krankenwagen?«

»Mein Mann ist bei der Polizei. Und bitte keinen Arzt. Es wird schon wieder besser. Das war nur der erste Schock.« Sarah tippte die Nummer von Carlos in Mias Handy ein. Nach einem kurzen Moment hörte sie seine Stimme.

»*Digame*[12].«

»*Mi cariño*. Ich bin es. Kannst du mich bitte

12   Sprechen Sie

holen kommen?«, sagte Sarah, und die ersten Tränen liefen ihre Wangen hinunter. Sie war froh, Carlos' Stimme zu hören.

»Liebling! Was ist passiert? Wo bist du? Geht es dir gut? Warum rufst du nicht von deinem eigenen Handy an?«

Sarah schluchzte und musste sich zusammenreißen, dass sie überhaupt noch ein Wort herausbrachte. »Ich bin in der ...«, sagte sie und brach in einen Heulkrampf aus. Ihren ganzen Körper schüttelte es. Kein Wort bekam sie mehr über die Lippen. Sie beugte sich vornüber und vergrub ihr Gesicht in den Händen.

Mia nahm ihr das Telefon aus der Hand und sprach: »*Hola*, hier ist Mia König. Ihre Frau ist bei mir in der Avenida de Galdar in San Fernando. Im Babyfachmodengeschäft *Azul y Rosa*[13]. Sie wurde gerade überfallen.« Mia war für einen kurzen Moment still. Sie berührte Sarah am Unterarm. »Dein Mann kommt gleich. Beruhige dich erst mal.«

Sarah hob ihren Kopf und schaute Mia an, die ihr ein aufmunterndes Lächeln schenkte.

In der Zwischenzeit war Richard mit dem Glas Wasser bei Sarah angelangt und

13   Blau und Rosa

streichelte ihr behutsam über den Rücken. »Trinken Sie. Sie brauchen das jetzt.«

Sarah nickte und trank einen Schluck Wasser.

In der Ferne hörte sie bereits die Sirenen heulen. Die Polizeistation, in der Carlos arbeitete, war nur zwei Querstraßen entfernt. Auch Sarah arbeitete dort im Außendienst mit Carlos. Für sie hatte er seine Beziehungen spielen lassen und Sarah, nachdem sie eine Prüfung abgelegt hatte, in sein Team aufgenommen. Doch als sie erfahren hatten, dass sie ein Baby bekommen würden, hatte sie sich in den Innendienst versetzen lassen, da es für sie und das ungeborene Baby auf der Straße einfach zu gefährlich war.

Für Sarah waren es nur gefühlte Sekunden, bis sie endlich seine Stimme hörte.

»Sarah!«

Sie schaute zu ihm auf. Er rannte auf sie zu und umarmte sie. Überwältigt von ihren Gefühlen schluchzte Sarah und vergrub ihr Gesicht an seiner Brust.

»Was ist denn bloß passiert?« Er nahm ihren Kopf in seine Hände und schaute sie prüfend an. In seinen Augen sah sie die Angst.

Sie spürte, dass jemand ihre Hand nahm und den Puls fühlte. Sie sah, dass es ein Sanitäter war. Carlos hatte auch die Ambulanz informiert.

»Mir geht es gut.« Sarahs Hände zitterten leicht. Sie schaute an dem Sanitäter vorbei hinaus durch das Schaufenster des kleinen Lokals. Draußen standen drei Polizeiautos mit Blaulicht. Die Straße war blockiert. Ein Lächeln huschte ihr über das Gesicht und sie sagte: »Hast du auch die Nationalgarde geholt?«

Sein Gesichtsausdruck blieb ernst. »Schatz, damit ist nicht zu spaßen. Du wurdest überfallen. Dir und Raúl hätte sonst was passieren können.«

Sie sah, dass Cristiano mitgekommen war. Er sprach gerade mit Mia und ihrem Vater und notierte sich die Informationen in seinem Notizbuch.

»Es waren zwei Täter«, sagte Sarah. »Zwei junge Männer. Anfang zwanzig vielleicht. Beide Canarios, würde ich sagen.«

»Wir klären das. Ich lasse sofort die Fahndung einleiten«, entgegnete Carlos und winkte Cristiano zu sich. »Aber zuerst müssen wir uns um dich kümmern. Die Kollegen sprechen bereits mit allen mutmaßlichen Zeugen.«

12

»Woher kennst du meinen Namen?«, fragte Leo und schaute Michaela an.

»Sagte ich doch gerade. Ich wurde informiert.« Sie zeigte auf den Lautsprecher, der neben der Neonröhre in die Decke eingelassen war.

»Wo bin ich hier? Und was mache ich hier? Ich habe gerade tausend Fragen, die mir durch den Kopf gehen.«

»Das glaube ich dir. Mir ging es damals auch so. Wo wir sind, kann ich dir nicht sagen. Alles, was ich weiß, ist, dass wir uns hier in einer Art Keller befinden. Der Raum wurde aus dem Felsen gehauen, jedenfalls nehme ich das an. Aber was wir hier sollen, das kann ich dir schon sagen: Babys machen.«

»Wie? Babys machen? Was? Ich verstehe kein Wort.« Leo starrte sie mit verwirrtem Blick an.

»Okay. Ich sage dir, was ich weiß, okay?« Sie kam auf ihn zu. Leo, der noch immer im Schneidersitz auf seinem Bett saß, rutschte zur Seite, um für Michaela Platz zu machen. Sie setzte sich neben ihn und sprach weiter: »Du bist hier sozusagen der Zuchthengst, verstehst du?

Als ich entführt wurde vor … ja, keine Ahnung, wie lange das her ist … vor langer Zeit, war ich schwanger. Ich hatte es gerade erst erfahren. Ich war echt happy damals. Meinen Freund habe ich gleich angerufen …«

Leo unterbrach sie mitten im Satz. »Ja. Kann ich mir vorstellen, hat aber nun nichts mit mir zu tun. Warum bin ich hier?«

»Lass mich dir doch erst mal die Fakten erklären. Sei doch nicht so ungeduldig. Du musst mit allen Frauen hier drinnen Sex haben und Babys zeugen. Das ist deine Aufgabe.« Michaela verschränkte ihre Arme vor der Brust.

Leo schaute hinaus in den großen Raum. Er entdeckte weitere Frauen in den anderen Glaskästen, in denen nun ebenfalls Licht von der Decke schien. Die meisten standen an der Scheibe und schauten zu den beiden herüber. Frauen verschiedenster Nationen, der Hautfarbe nach zu urteilen. Es war fast wie im Zoo, nur dass hier Menschen ausgestellt wurden.

»Und was macht er dann mit den Babys?«, fragte Leo und schüttelte den Kopf.

»Keine Ahnung. Ich habe den Entführer nie gesehen. Es ist eine Computerstimme, die über Lautsprecher mit uns spricht. Und die Babys, nehme ich an, werden verkauft. Ich habe bisher drei Kinder auf die Welt gebracht. Ich weiß nicht mal, ob es Jungen oder Mädchen waren. Alle wurden mir direkt nach der Geburt weggenommen.«

»Ich verstehe das nicht. Wenn dir die Babys gleich nach der Geburt weggenommen worden sind, dann musst du ihn doch gesehen haben, oder?«

Michaela lachte und sprach: »Du Dummerchen. Der Täter hat eine Maske auf, damit man ihn nicht erkennt. Sobald die Wehen einsetzen, lässt er das Gefängnis zu einer Wand fahren, in der ebenfalls so ein Rolltor angebracht ist.« Sie zeigte auf die hochgefahrene Metallwand, die fast vollständig in der Decke verschwunden war. »Von dort hat er mich in einen Raum gebracht, der ausgestattet ist wie bei einem Gynäkologen. Und sobald das Baby draußen ist, nimmt er es und trägt es in einen anderen Raum. Ich habe keines meiner Babys je gesehen.« Michaelas Augen füllten sich mit Tränen.

Leo legte seine Hand auf ihre Schulter, um sie zu beruhigen. »Wer hat dich vergewaltigt, damit du schwanger wurdest? War es der Entführer? Ich habe ihn gesehen. Es war ein Mann mittleren Alters. Aber er stand im Dunkeln.«

»Echt? Du hast ihn gesehen?«, sagte sie, und ihre Augen strahlten. In der nächsten Sekunde verflog dieser Ausdruck. »Auch wenn du ihn gesehen hast, das bringt uns hier auch nicht raus. Weißt du, genau in diesem Container war vor dir auch schon ein Mann. Diego hieß er. Wo er jetzt ist, keine Ahnung. Vor ein paar Tagen hatten wir Sex. Er war eigenartig. Geistesabwesend könnte man fast sagen. Normalerweise gingen wir gemeinsam nach dem Sex unter die Dusche. Aber dieses Mal wollte er nicht. Ich hoffe, er hat es hier rausgeschafft und holt Hilfe. Vergewaltigt wurde ich von ihm nicht, auch wenn der Sex nicht freiwillig war. Wir mussten es beide tun. Ansonsten gibt es Strafen. Und glaub mir, diese Strafen möchtest du nicht erleben. Mach lieber, was dir die Stimme sagt.«

»Was soll denn eine größere Strafe sein, als hier in diesem Glascontainer zu sitzen?«

»Fordere ihn nicht heraus. Diesen Tipp gebe ich dir.«

13

»Dein Bäuchlein ist schon gewachsen. Ich freu mich so für euch.« Elenore Österreicher streichelte über den Babybauch ihrer Tochter Sarah.

»Danke, Mama, dass ihr gekommen seid. Schön, euch bei mir zu haben.« Sarah nahm die Hand ihrer Mutter und drückte sie.

Die beiden saßen auf dem hellbraunen Wohnzimmersofa im Haus von Carlos und Sarah und beobachteten die Leute, die zur Babyparty gekommen waren.

Einige der knapp dreißig Gäste standen auf der Terrasse und unterhielten sich angeregt miteinander. Manche in Spanisch, andere in Deutsch. Und manche in sogenannten »Spanglisch« – eine Mischung aus Spanisch und Englisch.

Sarah musste lachen, als sie ihre damalige Schulfreundin hörte, die sich mit einem Spanier unterhielt.

Ja, in der Anfangszeit hier habe ich mich auch so verständigt. Aber die Spanier sind sehr nett und haben viel Geduld mit mir gehabt.

Musik erklang im Hintergrund. Ein paar der Gäste tanzten zu den spanischen Klängen in dem kleinen Garten, den Carlos und sie mit bunten Blumen, einem kleinen Springbrunnen, neben dem eine gemütliche Gartenlaube stand, und einem Hochbeet für Küchenkräuter liebevoll gestaltet hatten.

Heute Morgen hatte Carlos den kompletten Außenbereich dekoriert. Bereits um sieben Uhr hatte er angefangen, die Luftballons aufzublasen. Blaue und rosarote Luftballons. Er und Cristiano hatten sogar die Eingangstür mit Girlanden im Schnullermotiv versehen. Sarah fand es zwar übertrieben, was die beiden veranstalteten, aber sie ließen sich nicht davon abhalten. Sie beobachtete sie bei ihren Vorbereitungen, und je mehr Kitsch sie aus den Einkaufstüten hervorzauberten, umso mehr hatte Sarah den Eindruck, dass es ihnen richtigen Spaß machte. Wie kleine Jungen, die den Weihnachtsbaum schmückten. Mit viel Gekicher und strahlenden Augen standen die beiden nach getaner Arbeit vor ihr und präsentierten stolz ihr Werk. Hier auf Gran Canaria waren Babypartys nicht üblich. Carlos hatte von ihrer Mutter Elenore erfahren, dass es diesen Brauch in Deutschland gab, und sich sofort dazu bereit erklärt, diese Party zu veranstalten. Somit hatte er sich bereits Wochen vor dem Ereignis damit beschäftigt, Bilder aus dem Internet herauszusuchen, um es für Sarah so perfekt wie möglich zu machen.

Das Büfett, das von einem befreundeten Pärchen, das ein Restaurant in der Nähe leitete, zubereitet und geliefert worden war, bestand aus leckeren Tapas, angefangen von *Pan con mojo* über *Queso herreño a la plancha* bis hin zu duftenden *Puntillitas*.

Sarah legte ihre Füße auf den Hocker vor dem Sofa, der extra für diese Fälle bereitgestellt worden war. Ihre Beine brannten wie Feuer. Seit sie schwanger war, sammelte sich Wasser in ihren Füßen, wenn sie länger stand.

Carlos betrat in diesem Moment das Wohnzimmer, gab Sarah einen Orangensaft und küsste sie zärtlich auf die Stirn. »Ich komme gleich wieder, mein Schatz.«

Sarah sah ihm nach, wie er im Büro verschwand, gefolgt von Cristiano. *Schon wieder ein neuer Fall? Muss wirklich wichtig sein, wenn er sich während der Party ins Büro verzieht.*

Während ihre Gedanken um Carlos und sein

plötzliches Verschwinden kreisten, fiel ihr Blick auf die zahlreichen Geschenke, die ihre Gäste mitgebracht hatten und die direkt neben der Bürotür auf einem langen Tisch mit einer weißen Decke lagen. Eines davon fiel ihr besonders ins Auge. Von ihrem Platz auf dem Sofa sah es aus wie eine weiße Torte mit bunten Blättern. Sie raffte sich mühevoll hoch und stand auf.

»Wo willst du denn hin, Kleines?«, fragte ihre Mutter.

»Ich möchte mir gerne die Geschenke ansehen. Kommst du mit?«

Elenore nickte und stand ebenfalls auf.

Sarahs müde Füße trugen sie zum Gabentisch. Die weiße Torte stellte sich als Windeltorte heraus. Die bunten Blätter waren farbige Schnuller, Beißringe, kleine Kuscheltiere, Lätzchen und Babyflaschen. Eine beige Schleife war um jedes Teil gebunden. Rund um die Torte standen sauber angeordnet Babyshampoo, Puder für den Popo, Feuchttücher, sogar ein Thermometer in Form einer gelben Quietschente für die Badewanne entdeckte sie. Auf den Windeln ganz oben standen ein blauer und ein rosaroter

Babyschuh. Sarah nahm die Karte, die an dem Zellophan hing an sich und las.

Liebe Sarah. Mi hermano[14].

Ich wünsche euch beiden das Allerbeste. Ich habe extra

alles in neutralen Farben gekauft. Ihr wisst warum. :-)

Besitos[15]

Sarah lachte laut und zeigte ihrer Mutter die Karte.

Elenore schmunzelte. »Egal was es wird, Hauptsache gesund.« Mit diesen Worten umarmte sie Sarah und drückte sie ganz fest.

In diesem Augenblick kam Thomas Österreicher von der Terrasse herein. »Was ist denn hier los? Hier wird geküsst und sich umarmt ohne mich?« Mit einem Lächeln auf den Lippen ging er auf die beiden zu und schloss sie in die Arme. »Elenore, kommst du mit? Ich muss dir jemanden vorstellen.«

Elenore schaute fragend zu Sarah. Als diese

14   Mein Bruder
15   Küsschen

nickte, ging sie mit ihrem Mann auf die Terrasse, wo sie bereits herzlich von Carlos' Mutter empfangen wurde.

Sarah blieb beim Tisch stehen, schmökerte in den Glückwunschkarten und freute sich über die liebevoll eingepackten Geschenke. Plötzlich hörte sie Carlos durch die angelehnte Tür sprechen.

»Warum nur wurde der deutsche Tourist entführt?«

Es ging schon wieder um diese Entführungssache. Die letzten paar Tage hatten er und Cristiano kein anderes Thema mehr. Sarah hatte davon in der Zeitung gelesen, denn Carlos versuchte derzeit, alles vor ihr geheim zu halten, was sie aufregen könnte. Sarah fand das weniger toll, weil sie von Natur aus neugierig war. Und besonders nach der Sache mit dem Überfall war Carlos ständig besorgt um ihr Wohlergehen. Am liebsten hätte er sie noch in Watte gepackt. Nirgends durfte sie mehr allein hingehen. Wenn es nach ihm ginge, sollte sie den ganzen Tag zu Hause sitzen, am besten überhaupt im Bett bleiben und warten, bis er wiederkam. Aus diesem Grunde hatte er auch ihre Eltern einfliegen lassen.

»Damit du nicht auf dumme Gedanken kommst und dir nicht langweilig wird«, hatte Carlos lächelnd gesagt, als er ihr einen Tag nach dem Überfall mitgeteilt hatte, dass er Sarahs Eltern am Nachmittag vom Flughafen abhole.

Ihre Eltern waren im Gästezimmer des Hauses einquartiert worden. Ihre Mutter hatte ihr freudestrahlend bei ihrer Ankunft erklärt, dass Carlos sie eingeladen habe, so lange zu bleiben, wie sie wollten. Und das wäre ihrer Meinung nach bis drei Monate nach der Geburt des Babys. »Du brauchst Unterstützung. Du wirst noch froh sein, dass ich und dein Vater hier sind«, hatte sie gesagt.

Wie toll! Juhu!

Sarah liebte ihre Eltern, aber eine Vierundzwanzig-Stunden-Betreuung fand sie doch ein wenig übertrieben, und sie kannte ihre Mutter, die sie seit ihrer Ankunft auf Schritt und Tritt verfolgte.

Sie öffnete die Bürotür einen Spalt, um das Gespräch von Carlos und Cristiano besser hören zu können. Die beiden bemerkten sie sofort und schauten sie mit verwundertem Blick an.

»Schatz. Amüsiere dich auf der Party. Hab Spaß. Ich komme doch gleich.« Carlos ging auf

Sarah zu, um sie aus dem Raum zu bekommen.

Doch Sarah riss die Tür weiter auf, stand kurz darauf bereits neben dem Tisch und schaute sich die zahlreichen Fotos an, die kreuz und quer darauf herumlagen. »Die beiden haben eine sehr große Ähnlichkeit, findet ihr nicht?«, sagte sie und hielt in ihrer rechten Hand das Foto von Diego und in der linken das von Leo. »Die beiden könnten Brüder sein.« Sie legte die Fotos nebeneinander.

Cristiano nickte zustimmend.

»Ja, das ist uns auch aufgefallen«, sagte Carlos. »Leo wurde vom selben Täter entführt wie Diego. Davon gehen wir mittlerweile aus. Das ist die einzige logische Schlussfolgerung. Allerdings hilft uns das nicht weiter. Wir haben keinen Anhaltspunkt, wo Diego die letzten sieben Jahre war. Er hat sich erhängt in seinem Gefängnis, und sein Entführer hat ihn am Fundort abgelegt. Mehr wissen wir nicht. Aber es gibt auch eine gute Neuigkeit. Die DNA-Untersuchung der Schamhaare ergab, dass es sich dabei um weibliches Genmaterial handelt. Wir haben die Daten durch unser System laufen lassen. Kein Treffer. Dann haben wir sämtliche europäische Knochenmarkspenderdateien durchsuchen lassen. Und dort haben wir die Frau gefunden. Michaela Belengs ist ihr Name.« Carlos stand auf und zeigte auf das Foto an der Pinnwand. Darunter stand die Zahl »2010«.

Cristiano kramte in den Unterlagen und suchte nach der Akte. Er las vor: »Michaela Belengs, 1981 geboren in Holland. Verschwand am 15. März 2010 bei einer Shoppingtour. Laut Aussage ihres damaligen Freundes war sie im vierten Monat schwanger. Es gab keine Zeugen für die Entführung, sie war allein.«

»Das heißt, ihr Sohn oder ihre Tochter müsste jetzt an die sieben Jahre alt sein und somit schulpflichtig«, meinte Sarah.

Carlos streichelte andächtig über ihren Babybauch und sagte: »Schatz, wir haben das alles schon überprüft. Keiner ist mit einem Kind ausgereist, der nicht vorher mit diesem hier eingereist ist. An Kinderhandel dachte ich auch schon. Wir haben an allen Schulen hier auf Gran Canaria die Meldung gemacht, dass alle Eltern von schulpflichtigen Kindern zwischen sechs und acht Jahren überprüft werden müssen und beim Krankenhaus nachgefragt werden soll, ob die Dokumente bezüglich der Elternschaft übereinstimmen. Aber bisher ohne Erfolg. Hier können die Kinder auch zu Hause unterrichtet werden. Somit ist die Kontrolle sehr schwierig.«

»Du meinst, der Entführer hat die Kinder noch? Es waren ja zwei schwanger, oder?« Tränen standen in Sarahs Augen. Plötzlich änderte sich ihr Gesichtsausdruck und sie starrte auf die Pinnwand. »Sag mal, wann genau wurde Diego das letzte Mal gesehen?«, fragte sie Carlos, der gleich darauf in seiner Akte nachsah.

»Am 11. März 2010. Wieso?«

Sarah ging an ihm vorbei und tippte auf das Foto mit der blonden Frau. »Sieh mal. Michaela wurde am 15. März 2010 entführt.«

14

»Der Bengel glaubt ja wirklich, dass er tun und lassen kann, was er will«, murmelte ich vor mich hin. Ich nahm das Tablett von der Klappe und starrte auf das Steak, das ich extra mit einem großen Teil Gemüse fein säuberlich drapiert hatte. Ungläubig schaute ich auf das Besteck, das unbenutzt neben dem Teller lag. Die ersten Tage hatte ich vermutet, dass er vielleicht Vegetarier oder sogar Veganer sei. Extra für ihn hatte ich im Internet nach leckeren Gerichten gegoogelt, die ich ihm dann kochte und zum Essen anbot. Aber auch diese rührte er nicht an. Er aß keinen Bissen davon.

Ich muss dringend etwas unternehmen. Er musste wissen, dass er mir zu gehorchen hatte. Während ich zurück in meine Küche ging, überlegte ich fieberhaft, wie ich ihm die Flausen austreiben könnte. Schon Tage zuvor hatte ich mit ihm gesprochen, ihm erklärt, dass er nun in meinem Besitz sei und er essen müsse, damit er bei Kräften bliebe. Doch er verweigerte alles. Die ersten drei Tage seines Aufenthaltes hatte ich mir noch keine Gedanken darüber gemacht. Das war normal. Das hatte ich bei den anderen auch erlebt. Aber irgendwann siegte der Hunger über den Verstand. Normalerweise ...

Ich stellte das Tablett auf der Arbeitsplatte ab und setzte mich auf den Sessel in meinem Büro. Ich drückte auf den Knopf mit der Nummer eins. Nach einem kurzen Flackern sah ich ihn auf seinem Bett liegen. Er lag regungslos da und starrte an die Decke.

Woran er jetzt bloß denkt? Ist er in seiner eigenen Welt?

Ich musste seinen Willen brechen. Aber wie bloß? Es gab zahlreiche Möglichkeiten. Vielleicht wäre es gut, wenn ich ihn an die Ketten hängte. Aber würde das wirklich einen Effekt bringen? Na ja, bei Nummer zwei hatte es geholfen, aber für ihn brauchte ich doch etwas anderes. Ich griff zum Mikrofon und sagte: »Nummer eins, hör mir nun gut zu. Ich weiß, wer du bist. Weiß, wie du heißt, und vor allem weiß ich, wo du wohnst und wer noch dort wohnt. Also spiel keine Spielchen mit mir. Du hast nun zwei Stunden, um dir zu überlegen, ob du deinen Hungerstreik auch weiterhin durchziehst. Sei dir aber einer Sache bewusst: Bäumst du dich gegen mich auf, werde ich meine Kontakte in Deutschland anrufen und deine Mutter von zwei netten Freunden von mir besuchen lassen. Der eine ist ein Serienvergewaltiger, der andere ein Auftragskiller. Ich denke, die beiden werden viel Spaß mit deiner *Mama* haben. Natürlich bekommst du davon ein Video zu sehen. Wähle gut und mit Bedacht.«

Ich ließ den Schalter vom Mikrofon wieder los. Während ich mit ihm gesprochen hatte, war bei ihm keinerlei Reaktion zu sehen gewesen. Nicht einmal das mit seiner Mutter schien ihn zu schocken. So ein schlaksiger, dünner Kerl, und so knallhart? Das konnte ich mir beim besten Willen nicht vorstellen. Vielleicht dachte er, ich mache Spaß. Er glaubte mir nicht. Wenn der wüsste, wie weit meine Kontakte reichten. *Ich werde ihm in zwei Stunden wieder etwas zum Essen bringen. Mal sehen, ob diese Ansage gereicht hat und er doch Panik bekommt.* Meine Gedanken kreisten, und mein Blick fiel auf den grauen Knopf auf meinem Schaltpult.

Ja, genau. Das ist eine gute Idee.

15

Leo hustete, als er den Rauch einatmete. Es dauerte nur Sekunden, bis sich der ganze Container gefüllt hatte und er kaum noch Luft bekam. Er versuchte, sich mit den Fingern an den Luftlöchern in der Glasscheibe nach oben zu ziehen, um mit seinem Mund durch eine der Öffnungen Sauerstoff zu bekommen.

Der Druck auf seinen Brustkorb verstärkte sich. Dann hörte er diese Stimme, die durch den Lautsprecher kam.

»Du hättest auf Nummer zwei hören sollen und auch auf das, was ich dir vor zwei Stunden gesagt habe. Ich habe die Adresse deiner Mutter bereits weitergegeben. Viel Zeit bleibt dir nicht mehr, mein Junge. Widersetze dich mir nicht. Iss dein Essen und tu, was ich dir sage. Nicke, wenn du das verstanden hast.«

Leo nickte panisch. Der Versuch, sich hinaufzuziehen, hatte nicht geklappt. Seine Finger waren immer wieder von der glatten Oberfläche abgeglitten, und er war unsanft auf dem Boden gelandet. Zusammengekauert lag er da und kämpfte ums nackte Überleben. Jeder

Atemzug brachte nur noch mehr von den dicken Rauchschwaden in seine Lunge und verschlimmerte das Druckgefühl auf seiner Brust.

Plötzlich hörte er die Stimme seiner Mutter aus dem Lautsprecher: »Ja, natürlich können Sie vorbeikommen. Jederzeit. Ich bin immer zu Hause.«

»Nein, Mama! Lass diese Dreckskerle nicht ins Haus!«, schrie er verzweifelt. Er bäumte sich auf und streckte die Hand nach der Decke aus. Doch ein erneuter Hustenanfall zwang seinen Körper dazu, sich hinzulegen.

Dieser Scheißkerl wird sie umbringen!

Seine Panik verstärkte sich, und der Rauch vernebelte seine Sinne. Der Qualm war am Boden dichter als unter der Decke. Die Sehnsucht nach frischer Luft brachte ihn fast um den Verstand. Er versuchte, sich aufzusetzen, doch sein Körper verweigerte ihm diesen Wunsch und blieb mehr tot als lebendig auf dem Boden liegen.

Ich werde sterben, weil ich mich ihm widersetzt habe. Und Mama … Mama wird auch sterben. MAMA! Ich vermisse dich.

Und plötzlich tauchten zwei blitzblaue Augen vor ihm auf. Die Augen von Klaus. Leos

Gedanken schweiften ab von seiner Mutter und blieben in der Vergangenheit hängen. An dem Tag, als Klaus ihn geküsst hatte. Er spürte dieses kribbelige Gefühl, das dieser Kuss in ihm ausgelöst hatte. Er war Klaus so nahe gewesen. Der Duft seines Parfums drang ihm in die Nase. Er vermisste seine Nähe, seine Späße. Ihn als Ganzes. Alles an ihm hatte Sehnsucht. *Er ist doch mein bester Freund. Ich stieß ihn von mir. Mit beiden Händen stieß ich ihn fort. Ich konnte nicht zuordnen, was ich fühlte. Ich wusste, es darf nicht sein. Es ist meine Schuld, dass er mich nun nicht mehr will.*

Keuchend schloss Leo die Augen. Seine Atmung war nur mehr ganz flach. Sein Kopf dröhnte. Er hörte die Stimme von Klaus, die ihm ins Ohr flüsterte: *»Du bist mein bester Freund. Ich brauche dich. Bleib bei mir.«*

Leo lag seitlich auf dem Boden und kämpfte darum, bei Bewusstsein zu bleiben. Doch dann gab er auf.

Es hatte keinen Sinn mehr. Ein letztes Mal einatmen, und alles war vorbei. *Ich werde euch vermissen.*

Leo holte tief Luft, aber ein Klicken ließ ihn aufhorchen. Mit letzter Kraft öffnete er seine Augen. Eine Klappe, vielleicht einen Meter von ihm entfernt, hatte sich geöffnet. Gleich darauf hörte er ein surrendes Geräusch. Wie von einem Motor. Der Nebel wurde durch die Öffnung gesaugt. Gleichzeitig spürte er einen kalten Luftzug. Leo hustete wieder. Frische Luft umströmte ihn, und er sog sie gierig in seine Lungen. Langsam setzte er sich auf.

Minuten später war es in seinem Container ruhig geworden. Die Öffnung im Boden war wieder verschlossen. Genauso wie die Lüftungsschlitze, die frische Luft hereingebracht hatten. Alles war so, als wäre nie etwas geschehen.

Er sah hinaus zu den anderen Containern. Dort entdeckte er Michaela, die sich ihr Gesicht an der Glasscheibe platt drückte. Dann trat sie einen Schritt zurück und wischte sich die Tränen von den Wangen.

Die Klappe der Tür ging auf, und es wurde ein Tablett von außen daraufgestellt. Leos Hungergefühl war auf null. Er wollte einfach nur hier weg. Er hatte die vergangenen Tage – nachdem Michaela wieder in ihrem Container verschwunden und dieser davongefahren war – dazu genutzt, jeden Millimeter des Containers nach Fluchtmöglichkeiten abzusuchen. Jeden Winkel hatte er genau inspiziert. Über jede

Schraube, die er in seinem Gefängnis gefunden hatte, dachte er nach, ob diese ihn nach dem Entfernen hier herausbringen könnte. Allerdings ohne Erfolg. Er sah keine Chance zu fliehen.

Er ging zu der Metalltür und schaute auf das Tablett. Heute gab es Hackbraten mit Kartoffelpüree. Es war drapiert wie in einem Sterne-Restaurant. Die Soße war rund um die bereits mundgerechten Stücke des Bratens auf das weiße Porzellan getropft worden. Das Kartoffelpüree war in eine runde Form gebracht und mit angebratenen Zwiebeln angerichtet. Ein silberner Löffel mit aufwendigen goldenen Verzierungen lag neben dem Teller. Ein Plastikbecher mit einer orangefarbenen Flüssigkeit rundete das Gericht ab. Leo roch daran. Frischer Orangensaft.

Er nahm das Tablett von der Klappe herunter und setzte sich damit auf das Bett. Er musste essen. Er wollte auf keinen Fall wieder den Rauch in seinen Lungen haben oder dieses Geschrei in ohrenbetäubender Lautstärke über sich ergehen lassen. Und auf keinen Fall sollte seiner Mutter etwas geschehen. Er machte, was die Stimme wollte. Er würde mitspielen in diesem grausamen Spiel. So lange, bis sich ihm eine Möglichkeit zur Flucht bieten würde.

Er aß den ganzen Teller leer. Und er musste zugeben, es war wirklich vorzüglich. Fast so wie bei Mama zu Hause. Er spülte den letzten Bissen mit dem Orangensaft hinunter, stand auf und stellte das Tablett auf die Klappe in der Tür zurück. Es dauerte keine Minute, und wie von Geisterhand verschwand es.

Leo starrte durch die Glasscheibe, in der Hoffnung, jemanden zu erkennen. Angestrengt legte er sein Ohr an die Metalltür, um irgendwelche Geräusche wahrnehmen zu können. Irgendetwas, anhand dessen er vielleicht erkennen konnte, wo er gefangen gehalten wurde. Aber nichts. Er hörte keinen Ton.

Enttäuscht ließ er sich auf den Boden sinken. Und schließlich erkannte er, dass es egal war, ob er wusste, wo er sich befand. Aus seiner Zelle gab es keinen Ausweg. Hier würde er bis an sein Lebensende wohnen oder besser gesagt dahinvegetieren und als Babyproduzent herhalten.

Kein Fluchtweg.

Er ließ seinen Blick zu Michaelas Container schweifen. Sie lag auf ihrem Bett. Ihr Container war abgedunkelt. Er fragte sich, wieso.

Genau in diesem Moment hörte er wieder die Stimme.

»Nummer eins, leg dich aufs Bett.«

Leo sprang sofort auf und folgte der Anweisung.

»In einer Stunde geht es los. Bis dahin musst du dich ausruhen.« Das Licht in seinem Container wurde mit dem letzten Wort aus dem Lautsprecher ebenfalls abgedunkelt.

Okay? Und was geht los? Ich muss hier raus!

Er beobachtete die Frau, die im Container neben Michaela war. Sie war dunkelhäutig und hatte schwarze Haare. Sie saß auf dem Boden vor dem Bett und las ein Buch. Mehr konnte er nicht erkennen.

Leo erschrak, als die Stimme wieder aus dem Lautsprecher dröhnte.

»Ausruhen heißt Augen zu.«

Blitzschnell schloss er seine Augen und fiel daraufhin in einen unruhigen Schlaf.

»Das ist aber ein sehr schönes Bild, das du da gemalt hast, Leo.« Seine Mutter kam zu ihm und drückte ihm einen Kuss auf die Stirn.

Dann hörte er das Klicken, das sich anhörte, als würde jemand den Schlüssel in die Haustür stecken. »Papa!«, rief er sofort. Freudestrahlend nahm er das Bild mit dem roten Elefanten aus der Hand seiner Mutter und rannte damit in Richtung Tür. Diese öffnete sich, und eine Hand packte ihn am Arm und zog ihn nach draußen. Er sah ein dunkles Loch, das sich im Vorgarten seiner Eltern auftat. Das immer größer und größer wurde. Gelbe, lodernde Flammen züngelten daraus hervor. Das Bild, das er gemalt hatte, fiel herunter und wurde vom Erdboden verschluckt. Die Hand, die ihn festhielt, kam direkt aus diesem Loch. Verkohlte Hautfetzen hingen an ihr herab. Sein Arm schmerzte durch den festen Griff. Er schrie: »Mama!«

Doch sie konnte die Glasscheibe nicht durchdringen, die sich zwischen ihm und der Haustür aufgebaut hatte. Mit geweiteten Augen beobachtete sie das Geschehen. Ihre Handinnenflächen drückten sich an das Glas.

Erst als er das Ruckeln des Containers bemerkte, öffnete er seine Augen und war froh, dass es sich nur um einen Albtraum gehandelt hatte. Wobei er sich die Frage stellte, ob er hier nicht in einem noch viel größeren Albtraum steckte. Er wischte sich die Schweißperlen von der Stirn und blickte nach draußen. Er sah den Container von Michaela wieder näher kommen. Sie saß auf dem Bett und lächelte ihn an. Ihr

Container war bereits hell erleuchtet. In Leos Gefängnis war es immer noch dunkel.

Okay, es geht nun los. Was auch immer.

Schlaftrunken und schweißnass erhob er sich in seinem Bett. Die Frau in dem Container mit der Nummer drei blickte von ihrem Buch auf, versank dann aber gleich wieder in der Welt der Buchstaben.

16

»*Hola,* Lieblingsschwiegermutter in spe«, sagte Carlos, der gerade von der Arbeit nach Hause kam und von Elenore im Vorraum begrüßt wurde. Er drückte ihr einen Kuss auf die Wange.

Sie lachte und boxte ihm leicht in die Rippen. »Du alter Charmeur. Ich kann es kaum noch erwarten, bis ihr beiden endlich heiratet. Aber es kommt halt immer alles anders als geplant. Nicht wahr?«

Carlos nickte und lachte. Die geplante Hochzeit wäre schon in drei Wochen gewesen, doch als Sarah und er erfahren hatten, dass sie schwanger war, machte Sarah einen Rückzieher. Rückzieher war vielleicht das falsche Wort dafür. Sie meinte, dass sie keine Lust darauf hätte, in ihrem Hochzeitskleid wie ein Wal in Spitze und Seide auszusehen.

Der Geruch von gegrilltem Fleisch, das sein Schwiegervater auf dem Gasgrill auf der Terrasse zubereitete, zog sich bis in den Vorraum. Carlos ging dem Geruch nach und sah den mit Salaten und verschiedenen Sorten an Gebäck reich gedeckten Tisch. Sein

Schwiegervater wendete gerade die Schweinesteaks.

»*Hola,* Carlos. Setz dich. Das Essen ist gleich fertig. Sarah wird auch gleich hier sein.«

Carlos lächelte noch und wollte sich gerade umdrehen, um sich an den Tisch zu setzen, da dachte er nochmals über das Gesagte nach.

Was?

»Wie meinst du das? Wo ist Sarah? Ist sie nicht zu Hause? Ihr solltet doch auf sie aufpassen.« Sein Blick verfinsterte sich, und seine Hand ballte sich zur Faust.

Elenore legte ihre Hand auf seine Schulter und stieß ihn behutsam in Richtung Esstisch. »Sie kommt gleich. Sie wollte nur schnell etwas besorgen. Ist doch nicht schlimm, Carlos. Sie wollte eben auch mal raus.« Elenore drängte Carlos dazu, sich auf den Stuhl zu setzen.

Carlos starrte auf die Teller, die in verschiedenen Farben auf dem Tisch standen. Sarah wollte sie unbedingt haben, sie fand es lustig, wenn jeder Teller eine andere Farbe hatte.

»Ja, ist gut. Seit dem Überfall habe ich einfach Angst, wenn sie allein außer Haus geht«, sagte er, atmete tief ein und schaute Elenore an, die verständnisvoll nickte. »Aber du hast recht. Sie ist achtundzwanzig und kein kleines Mädchen mehr. Sie kann schon auf sich aufpassen.«

»Und sie ist Polizistin. Also, in Notsituationen kann sie sich schon wehren. Sie kommt sicher gleich.« Während Elenore sprach, schaufelte sie bereits mit einem Löffel den Salat auf Carlos' Teller.

Schon den ganzen Tag hatte sich Carlos auf das Mittagessen gefreut. Das Fleisch hatte Elenore bereits gestern mit ihrem Spezialgewürz, das sie aus Deutschland mitgebracht hatte, behandelt. Der grüne Salat mit dem Ziegenkäse war von Sarah zubereitet worden. Er erkannte das an den Brotkäsewürfeln. Carlos fand sie widerlich, aber Sarah zuliebe ließ er es zu, dass sie sie in den Salat gab. Schließlich war sie schwanger und er froh, dass es nur Brotkäsewürfel waren und keine Schokolade oder Ähnliches.

»Jetzt könnte sie aber schon langsam mal kommen«, sagte Elenore und schaute auf die Uhr. »Typisch Sarah, immer zu spät. Sie ist schon zwanzig Minuten über der Zeit.«

Carlos holte sein Handy aus der Hosentasche

und wählte Sarahs Nummer. Es klingelte mehrmals, dann sprang die Mailbox an. Carlos legte auf und starrte auf das Display.

Sie wird sicher gleich zur Tür hereinkommen, mich anstrahlen, und ich bin meine Sorgen um sie los.

Elenore setzte sich neben ihn und legte ihre Hand auf seinen Unterarm. »Sarah ist immer zu spät. Das weißt du doch.«

Carlos nickte. Ja, das wusste er. Sarah war eine Chaotin, die auch gut und gerne ihr Handy zu Hause vergaß oder auch die Zeit übersah. Und wäre ihr Kopf nicht angewachsen, wer weiß, wo sie ihn vergessen würde.

Das Display zeigte, dass seit Carlos' erfolglosem Anruf bei Sarah gerade erst drei Minuten vergangen waren. Ihm kam es vor, als wären es Stunden gewesen.

Carlos ließ sein Telefon auf dem Tisch liegen, wählte wieder Sarahs Nummer und schaltete den Lautsprecher ein.

Klingeln. Noch ein Klingeln. Mailbox.

Er legte auf und senkte den Kopf. Die Stimme von Elenore klang von weit weg an sein Ohr.

»Sie kommt sicher gleich!« Sie drückte ihre Hand, die noch immer auf seinem Unterarm ruhte, fester zusammen.

Carlos sah zu Elenore, die gerade in einem lautlosen Gespräch mit ihrem Mann zu sein schien. Sorgenfalten hatten sich bereits auf ihrer Stirn gebildet. Elenore bewegte nur ihre Lippen. Er sah zu seinem Schwiegervater hinüber, der nickte. Als er Carlos' Blick bemerkte, setzte er sofort ein Lächeln auf. »Ich ... ich muss mal schnell auf die Toilette«, sagte Thomas, steckte sein Handy ein, das auf dem Beistelltisch neben dem Grill lag, und verschwand im Haus.

Carlos blickte wieder auf sein Handy. Sieben Minuten. Diese Ungewissheit über Sarahs Aufenthaltsort ließ ihm keine Ruhe, und er rief abermals an. Läuten. Noch ein Läuten. Mailbox. Er drückte auf die rote Taste. Dann atmete er tief durch. Sein Magen verkrampfte sich zu einem harten Klumpen.

Schritte näherten sich. Er schaute gespannt auf die Tür. Sein Schwiegervater trat auf die Terrasse, und sein Blick sprach Bände.

»Wo ist sie hingefahren?«, fragte Carlos und starrte Elenore an. Als sie nicht reagierte, sprang er auf und schrie: »Jetzt sag endlich, wo sie hingefahren ist!«

»Zum ... zum großen Spar-Supermarkt, in dieser Einkaufsstraße in San Fernando.« Elenore sah ihn mit großen Augen an.

Carlos' Hände zitterten. Er griff nach seinem Handy und suchte im Telefonverzeichnis, bis der Name *Cristiano* auf dem Display erschien. Diesen tippte er an. Er stand vom Tisch auf und entfernte sich einige Schritte.

»*Sí, Jefe*«, meldete sich Cristiano.

»*Hola*. Sag mal, ist ein Unfall passiert?«

»Ja, vor gut einer Stunde. Warum? Woher weißt du davon?« Cristianos Stimme klang verwundert.

»Und warum informierst du mich nicht darüber?«, blaffte Carlos ins Telefon.

»Ich dachte nicht, dass es dich interessiert«, sagte Cristiano kleinlaut.

»Wo ist Sarah jetzt?«, fragte Carlos und betonte jedes einzelne Wort.

»*¿Cómo?*[16] Wieso Sarah? Es war ein Verkehrsunfall im Kreisverkehr. Knapp oberhalb vom *Mercadona* in Meloneras. Aber Sarah war nicht dabei. Was hat Sarah damit zu tun? Ist sie nicht bei dir?«

Carlos atmete erleichtert auf. Doch im

16   Wie?

gleichen Moment waren die Sorgen und Ängste um sie noch größer als zuvor. »Sarah ist seit einer halben Stunde überfällig. Ruf in den Krankenhäusern an und frag, ob Sarah eingeliefert wurde, *vale?*«

»Aber ... *sí, Jefe*«, sagte Cristiano und beendete das Gespräch.

Carlos blieb auf der Wiese stehen und starrte auf die Straße vor dem Haus, dort, wo heute Morgen noch Sarahs Auto gestanden hatte.

Wo ist sie nur? Verdammt noch mal! Wieso ist sie allein einkaufen gefahren? Warum hat sie mir nicht gesagt, dass ich einkaufen soll?

Seine Gedanken kreisten um Sarah, die er mehr tot als lebendig auf dem Boden liegen sah. Der Asphalt um sie herum blutrot. Zusammengekauert in einer schwer einsehbaren Ecke der Einkaufsstraße. Die eine Hand schützend über ihren Bauch gelegt. Leise wimmernd und angsterfüllt.

Carlos schreckte hoch, als er eine Hand auf seiner Schulter spürte.

»Carlos? Was hat Cristiano gesagt?«, fragte Thomas.

»Er ruft in den Krankenhäusern an. Ich muss warten.«

»Es wird sicher alles gut«, sagte Elenore.

»Das will ich hoffen. Wieso ist keiner von euch mit ihr gefahren? Ihr solltet doch auf sie aufpassen!« Carlos ging, während er sprach, zum Esstisch und nahm seine Autoschlüssel. »Ihr bleibt hier, falls sie auftaucht. Ich fahre sie suchen, *vale?*«, rief er den beiden zu, bevor er die Haustür hinter sich ins Schloss fallen ließ.

Nur einige Minuten später läutete sein Telefon, und er nahm das Gespräch entgegen.

»*Digame.*«

»Ich habe in allen Krankenhäusern nachgefragt. Sarah ist nicht dort. Weißt du, wo sie hinwollte?« Cristiano klang sehr hektisch.

»Einkaufsstraße San Fernando. Beim großen Spar-Markt.«

»Gut, ich schicke sofort ein paar Einsatzkräfte dorthin.«

»Ich bin auch gleich da«, sagte Carlos und beendete das Gespräch.

Langsam fuhr er die Straße hinunter, den Blick auf die unzähligen Geschäfte und auf jede Frau mit lockigen braunen Haaren gerichtet. Auch silbernen VW-Polos schenkte er seine besondere Aufmerksamkeit.

Eine Frau, die gerade den Spar verließ, fiel

ihm ins Auge. Die Haare. Die Statur.

»Das ist Sarah«, sagte er zu sich selbst.

Eine Woge der Erleichterung breitete sich in seinem Körper aus. Er schaltete die Warnblinkanlage ein, blieb mitten auf der Straße stehen und stieß die Fahrertür auf. Er wollte mit einem Satz aus dem Auto springen, doch der Sicherheitsgurt hielt ihn zurück. Genervt drückte er den roten Knopf, und der Gurt gab ihn frei.

»Sarah!«, schrie er und rannte auf die Frau zu, die in die entgegengesetzte Richtung ging und ihm den Rücken zugedreht hatte.

Passanten blieben stehen und beobachteten das Schauspiel. Die Autofahrer, die hinter Carlos gefahren waren, hupten, und einige stiegen aus und schrien.

Er ergriff die Frau an der Schulter und drehte sie zu sich herum. Gerade als er sie in die Arme schließen wollte, schaute er in ein fremdes Gesicht. Er erstarrte vor Schreck. Die Erleichterung, die er kurz zuvor noch verspürt hatte, verwandelte sich blitzartig in Angst.

Die Frau versuchte, sich aus seinem Griff zu lösen, und schrie: »*¡Socorro! ¡Suéltame!*[17]«

17   Hilfe! Lass mich los!

Völlig verdattert ließ er die Frau los. Im ersten Moment wusste er nicht, was er sagen sollte.

Ich war mir so sicher.

»Perdón[18]«, stammelte er und wich einen Schritt zurück.

Die Frau schlug mit der Handtasche ein paarmal auf ihn ein und ging dann flotten Schrittes weiter.

Carlos schaute ihr entgeistert nach. Er konnte es nicht fassen, dass er sich so getäuscht hatte.

Sarah, wo bist du bloß?

Wie festgewurzelt stand er da. Unfähig, sich zu bewegen, unfähig, rational zu denken.

---

18   Entschuldigung

17

Die Metalltür öffnete sich. Leo sah bereits Michaelas Füße. Leise Töne erklangen aus dem Lautsprecher über ihm. Er kannte diese Musik.

Bruno Mars – *Just the way you are*.

Das Licht in seinem Container wurde eingeschaltet. Allerdings brannte nicht die Neonröhre, sondern es leuchteten die winzigen LEDs, die in die Decke eingelassen waren. Der Lichtschein aus Michaelas Container verschwand mit einem Klicken. Sie stand im Dunkeln, und nur das gedimmte Licht, das in seinem Container schien, hüllte sie in einen zarten Schimmer. Als er die Hüften und die langen Beine von Michaela sah, schluckte er den Kloß hinunter, der gerade in seinem Hals steckte.

Oh Mann, die ist ja nackt ...

Die Tür rastete mit einem leisen Klicken ein. Leo saß auf seinem Bett und starrte Michaela an. Er konnte nicht fassen, was er da sah. Eine Frau, so wie Gott sie geschaffen hatte.

Michaela kam auf ihn zu, nahm seine Hand und legte sie auf ihre Brust. »Es ist Zeit.« Sie setzte sich zu ihm auf das Bett und wollte ihn küssen.

»Was machst du? Was soll das?« Er zog seine Hand von ihrer Brust und stieß sie von sich weg.

»Ach, Leo. Ich habe dir schon gesagt, du bist der Zuchthengst hier. Wir müssen Sex haben, damit ich schwanger werde. Schon vergessen?« Ein Lächeln huschte über ihr Gesicht. Sie rückte wieder näher an ihn heran.

Doch er zuckte erneut zurück. »Aber … aber ich will das nicht.«

Michaelas Hand fuhr bereits seinen Bauch entlang, und ihre Finger öffneten geschickt den Knopf seiner Jeans.

Leo ergriff panisch ihre Hand und nahm sie von seiner Hose.

»Leo, ich bringe dich schon auf Touren. Keine Sorge. Das hat bei Diego auch immer funktioniert. Also, denk einfach an was Schönes und lass mich machen. Ich möchte es auch nicht, aber ich muss. Wir sollten das Beste aus dieser Situation machen. Ich bin auch ganz behutsam, oder auch nicht. Wie du es willst.«

Er rutschte mit seinem Hintern in die Ecke des Bettes und zog seine Füße an seinen Körper heran. »Hör auf. Ich will das nicht. Ich … ich bin schwul.« Leos Herz pochte so stark, dass er

Angst hatte, es würde aus seinem Brustkorb springen. Noch nie hatte er diese Worte ausgesprochen. Zu keiner Zeit war er sich dessen so sicher gewesen wie jetzt. Schon vor Jahren hätte er es erkennen müssen. Die Anzeichen, dass er in Klaus verknallt war, waren mehr als deutlich präsent gewesen. Doch er hatte Angst gehabt, seine Eltern zu enttäuschen. Die Angst, aus der Familie ausgestoßen zu werden.

»Leo, du musst. Versteh das endlich. Wir haben keine Wahl. Dann stell dir eben vor, dass ich ein Mann bin. Leg dich hin, schließ deine Augen und denk an ihn.«

Während sie sprach, zog sie an seinen Füßen, die er widerwillig ausstreckte. Wieder nahm sie seine Hand, und diesmal legte sie diese auf ihren Po.

Leo spürte die zarte, warme Haut und ließ seine Hand dort liegen.

»Ich hatte doch noch nie Sex mit einem Mann«, sagte er. »Ich habe zwar mit meiner Freundin geschlafen, aber so richtig was gefühlt habe ich dabei nicht. Also ich meine, dieses Kribbeln gefühlt, das ich hatte, als mich mein bester Freund geküsst hat. Verstehst du? Ich glaube, ich bin in meinen besten Freund verknallt. Das habe ich noch niemandem erzählt.«

»Leo, wieso hast du es niemandem erzählt?«

»Aus Angst? Scham? Weil ich die Gefühle für Klaus erst jetzt richtig deuten kann. Es ist wie ein Blitz in mich gefahren, als ich Klaus mit dem anderen Mann sah und sie sich küssten. Bisher erzählte mir Klaus nur davon. Aber es live erleben zu müssen, hat mir echt einen Stich ins Herz versetzt.« Leos Augen füllten sich mit Tränen.

Michaela strich ihm beruhigend über die Wange, dann öffnete sie seine Jeans und zog diese unter seinem Gesäß hinunter bis zu seinen Knien. Leo schreckte hoch, doch Michaela legte beruhigend ihre Hand auf seinen Brustkorb und zwang ihn so, sich wieder auf den Rücken zu legen. »Leo, dann erzähl mir von ihm. Was macht er? Stell dir vor, er berührt dich. Wir kriegen das schon hin, keine Sorge. Lass die Augen geschlossen.« Michaela schob ihre Hand langsam in seine Unterhose.

»Klaus«, flüsterte Leo, dann schwieg er und ließ geschehen, was vorherbestimmt war. Er driftete mit seinen Gedanken weit ab. Raus aus diesem Gefängnis, weg von dem bösen Spiel, das hier getrieben wurde. Sofort sah er Klaus vor sich, wie sie am ersten Urlaubstag gleich nach ihrer Ankunft hinunter zum Meer gelaufen waren. Am Strand hatten sie sich gegenseitig mit Wasser bespritzt. Bekleidet nur mit ihren Badehosen. Klaus lachte und um seine stechend blauen Augen bildeten sich diese süßen kleinen Falten, die Leo total erotisch fand.

Weit weg spürte er, dass sein Körper auf das reagierte, was in der realen Welt geschah. Leo öffnete seine Augen. Michaela saß bereits auf ihm, und sein erigierter Penis wurde von ihrer Vagina verschluckt. Sie sagte kein Wort. Sie ließ ihn weiter in seinen Gedanken schwelgen. Sie selbst schaute aus dem Glasfenster hinaus ins Leere.

Auch sie baut sich Luftschlösser, fernab von diesem Gefängnis.

18

Perfekt. Jetzt ist auch das letzte freie Zimmer besetzt. Ich muss nur noch warten, bis sie aufwacht, dachte ich mir, als ich sie behutsam aus dem Kofferraum hob und auf das Klappbett, das ich extra für diese Fälle im Wohnzimmer bereitgestellt hatte, legte.

Zuerst würde ich ihre Kopfwunde versorgen. Schließlich musste sie leben, damit sie das Baby auf die Welt bringen konnte. Ich malte mir die Geburt der Ware bereits in den schönsten Farben aus. Zufrieden lächelte ich, als ich auf ihren Schwangerschaftsbauch starrte.

Es war ein Leichtes gewesen, sie in der Tiefgarage zu überwältigen und in den Kofferraum zu packen. Wie schon die Male zuvor gab es keine Zeugen für meine Tat. Als ich im Laufschritt die Treppe in die Tiefgarage hinuntergerannt war, hatte ich bereits Chloroform aus dem kleinen braunen Fläschchen, das ich immer bei mir trug, auf ein Taschentuch geträufelt. Ich bog um die Ecke, und da sah ich sie, wie sie gerade ihre Einkäufe im Kofferraum ihres Autos verstaute. Ich schaute mich nach allen Seiten um. Keiner war zu sehen, und Videokameras gab es glücklicherweise nicht. Ich sprintete auf sie zu und presste ihr von hinten das Taschentuch auf den Mund. Sie wehrte sich gegen mich, schnellte mit dem Oberkörper nach oben und stieß sich dabei den Hinterkopf am Kofferraumdeckel. Augenblicklich sank sie in sich zusammen. Ihr Körper hing schlaff in meinen Armen. Im ersten Moment bekam ich Panik. Nicht dass ich sie nun umgebracht hatte. Dann wäre sie nutzlos für mich. Und das Baby wäre noch zu klein, dass ich es holen könnte. Ich sah, dass sich ihr Brustkorb aufblähte und wieder senkte. Ein Felsbrocken fiel mir vom Herzen, und ich fühlte mich erleichtert.

Praktischerweise stand mein Auto in der Nähe, und ich öffnete mittels Fernbedienung den Kofferraum. Ich hob sie hoch und legte sie dort hinein. Gerade als ich ihren Arm hineinstopfte, kündigte mir das Klingeln des Liftes unerwünschte Zuschauer an, und ich schlug blitzartig die Kofferraumklappe zu. Langsam schlenderte ich zu ihrem Auto zurück, zog meine Einmalhandschuhe an und schüttete den Inhalt ihrer Handtasche auf den Beifahrersitz. Alles, was mich belasten konnte, nahm ich an mich. Normalerweise plante ich meine Taten äußerst gewissenhaft und lange im Voraus. Meine Objekte wählte ich gezielt aus und verfolgte sie manchmal wochenlang, um ihren genauen Tagesablauf herauszufinden. Was heute über mich gekommen war, verstand ich gar nicht. Es war eine Blitzentscheidung gewesen. *Vielleicht weil ich wusste, dass sie eine Polizistin ist? Reizte mich das vielleicht? Oder langweilte mich dieses Spiel bereits, und ich brauchte einen neuen Kick?*

Ich schüttelte die Gedanken ab, und ein Blick auf die Wanduhr im Wohnzimmer sagte mir, dass Eile geboten war. Viel Zeit hatte ich nicht mehr, um ihre Verletzung zu versorgen und sie in ihr Zimmer zu bringen. *Sollte vielleicht genäht werden,* dachte ich mir, als ich den klaffenden Riss genauer betrachtete. Ich holte eine Mullbinde aus dem Verbandskoffer und drückte ihr diese auf die blutende Kopfwunde. Die Zeit lief unerbittlich weiter. Tick tack.

Ich legte ihr so schnell ich konnte einen Verband an. Mir wurde klar, dass ich es nicht mehr schaffen würde, sie in ihr Zimmer zu bringen. Ich musste dringend etwas unternehmen, damit, falls sie in der Zwischenzeit aufwachte, sie nicht wegrennen oder Hilfe holen konnte.

Ich sah mich um. Für diese Fälle hatte ich nicht vorgesorgt. Normalerweise hatte ich immer massig Zeit, wenn ich einem Objekt sein neues Zuhause zeigte. Ich sah das Paketband auf meinem Schreibtisch liegen. *Perfekte Lösung.* Ich wickelte das Band mehrmals um ihre Hand- und Fußgelenke. Auch über ihren Mund klebte ich einen breiten Streifen. Obwohl sie hier niemand hören konnte. Trotzdem wollte ich einem ohrenbetäubenden, hysterischen Gekreische entgegenwirken, das mich empfangen würde, wenn ich später von meinem Termin zurückkam. Mit einem Haken, den ich in der Küchenschublade fand, fixierte ich ihre Handfesseln am Bettgestell. Ein kurzer, zufriedener Blick auf mein Objekt, und schon zog ich die Tür hinter mir zu.

19

»Schon wieder so viel Polizei vor der Tür«, jammerte Mia und schaute aus dem Schaufenster. Sie drehte das Schild an der Eingangstür um. Gleich war Mittagspause. Ihr Vater würde in wenigen Minuten vor der Tür stehen und sie abholen. Sie aßen jeden Tag gemeinsam zu Mittag. Zuvor holte Richard immer Diego von der Schule ab.

»*Sí,* ich habe eben einen Mann gesehen, der eine Frau berauben wollte«, sagte die schwarzhaarige junge Frau, die gerade die Schnäppchen nach etwas Passendem für ihre Tochter, die im Eingangsbereich im Kinderwagen schlief, durchsuchte. »Als sie um Hilfe geschrien hat, ließ der Mann sie los. Was mir allerdings komisch vorkam: Als sie wegging, blieb er dort wie angewurzelt stehen. Aber die Polizei war schon vor Ort. Allerdings nahmen die ihn nicht fest. Seltsam, wirklich seltsam.« Sie griff nach einem rosaroten Babystrampler. »Den nehme ich. Der ist ja zuckersüß. Mit der lila Ente drauf. Der passt Nicoletta sicher toll.« Mit diesen Worten ging sie zum Kassentresen.

»Ja, der ist wirklich sehr schön. Wird ihr gut stehen. Da bin ich mir sicher.« Mia tippte drei Euro neunundvierzig in die Kasse, kassierte das Geld von der Frau und gab ihr ihre Tüte.

Die Frau verstaute die Tüte an der Unterseite des Kinderwagens und ging Richtung Tür. »Vor einigen Tagen wurde hier doch eine Frau beraubt und niedergeschlagen. Wahnsinn, was hier alles passiert. Das ist doch ein Touristenort. Man sollte glauben, dass es hier sicher ist.«

Mia hielt der Frau die Tür auf. Sie half ihr mit dem Kinderwagen die beiden Stufen hinunter und schaute sich auf der Einkaufsstraße um.

Vier Polizeiautos mit blinkendem Blaulicht.

Was hier bloß wieder passiert ist?

Kopfschüttelnd ging sie zurück in ihr Geschäft, zog die Tür hinter sich zu und schaltete das Licht aus.

Gerade als sie ihre neue Tasche über die Schulter hängte, klingelte das Telefon. Sie nahm das Handy aus der Tasche.

»*Sí*, Papa.«

»Ich warte unten auf dich«, sagte Richard. »Hier ist alles gesperrt. Aber ich denke mal, das hast du schon gesehen.«

»Ja, okay. Ich komme gleich.«

Noch während sie sprach, verließ sie das

Geschäft und schloss die Tür hinter sich ab. Als sie sich umdrehte, stand ihr ein Mann gegenüber. Sie erschrak im ersten Moment, doch dann erkannte sie ihn. Es war der Freund von Sarah.

»*Hola*. Haben Sie meine Frau gesehen?«, sagte Carlos völlig außer Atem. Die Schweißperlen standen ihm im Gesicht. Der Kopf knallrot. Die Pupillen geweitet.

»Sarah? Nein, habe ich heute nicht gesehen. Was ist denn passiert?«

»Sie war auf dem Weg zum Spar vor circa zwei Stunden und wollte nur kurz etwas einkaufen. Ich dachte, vielleicht ist sie hier vorbeigekommen, um Hallo zu sagen.«

»Oh, das tut mir leid. Ich hoffe, Sie finden Ihre Frau.«

Mit zittrigen Händen überreichte ihr Carlos seine Visitenkarte. »Bitte rufen Sie mich an, wenn Sie sie sehen.«

Mia nickte. Carlos' Lächeln zum Abschied wirkte gezwungen. Sie ging ein kurzes Stück die Straße entlang, bog rechts ab und hüpfte die Stufen hinunter. Sie sah den schwarzen Wagen ihres Vaters am Straßenrand stehen. Ihr Sohn winkte ihr aus dem Fenster zu. Fröhlich winkte sie zurück und stieg auf der Beifahrerseite in das kühle Auto ein.

»Hallo, ihr zwei.«

»Hallo, Kleines. Was hast du denn da in der Hand?«

Mia schaute auf ihre rechte Hand und stellte fest, dass sie die Karte immer noch festhielt. Das hatte sie gar nicht bemerkt. »Das ist die Visitenkarte von dem Inspektor. Kannst du dich noch an die schwangere Frau vor ein paar Tagen erinnern, die überfallen wurde? Sie ist spurlos verschwunden. Ihr Freund sucht sie überall.« Mia hielt kurz inne und machte ein nachdenkliches Gesicht. »Sag mal, du warst doch heute Vormittag auch bei mir, als ich schnell einkaufen war. Hast du vielleicht etwas gesehen?«

»Nein, leider nicht«, antwortete ihr Vater. »Ich habe sie nicht gesehen und auch sonst nichts bemerkt. Ach so, ja, genau. Ihr Freund ist bei der Polizei.«

»Ja, Papa. Das habe ich dir schon erzählt. Sie ist auch Polizistin. Du wirst langsam alt, du vergisst ja auch wirklich alles.« Mia lachte.

20

Leo schreckte hoch. Er hörte schmerzerfüllte Schreie, drehte sich auf die Seite und schaute hinaus. Er sah nur Schwarz. Kein Licht, keinen Schatten. Nichts.

Und wieder erklang ein Schrei. Das Licht ging an in einem der Container. Es war der von dem Mädchen mit dem Buch. Nummer drei.

Leo stemmte seinen Ellbogen in die Matratze und beugte sich näher zum Glas. Die junge Frau lag auf ihrem Bett und krümmte sich vor Schmerzen.

Was ist hier bloß los? Wieso hilft ihr denn keiner?

Dann begannen sich alle Container zu bewegen, auf den Schienen entlang, im Kreis nach links. Es sah aus wie ein Kinderkarussell. Nur ohne die fliegenden rosa Elefanten und die quietschgelben Enten.

Die Container blieben mit einem Ruck stehen. Nummer drei fuhr aus dem Kreis heraus, immer weiter ins Schwarze hinein. Leo sah die Frau undeutlich. Dafür hörte er ihre Schreie umso deutlicher. Jetzt blieb der Container abrupt stehen, und Leo vernahm ein quietschendes Geräusch. Es erinnerte ihn an sein erstes Auto, als einmal der Keilriemen kaputtgegangen war. Nur war dieses Kreischen hier um einiges stärker und länger anhaltend.

Oh Mann!

Leo presste sich die Hände auf die Ohren, um sein Trommelfell vor dem Lärm zu schützen. Gleißendes Licht drang in den Raum durch ein sich öffnendes Rolltor in der Felswand. Der Glascontainer dockte an der Wand an, das Metalltor vom Container war bereits hochgefahren. Leo hatte alle Mühe, durch die blendende Helligkeit etwas zu erkennen. Er sah einen schwarzen Schatten, der die Frau aus dem Container mit ins grelle Licht nahm. Sie wehrte sich nicht. Ihre Hände hatte sie schützend auf ihren Bauch gelegt.

Oh Mann. Sie ist schwanger und kriegt jetzt ihr Kind. Hoffentlich geht alles gut.

Das ohrenbetäubende Quietschen setzte wieder ein. Sekunden später wurde es still. Das gleißende Licht war verschwunden. Leo überlegte. Was hatte Michaela ihm erzählt, was mit den Babys passierte? Ja, genau. Die wurden verkauft. Ja, die Vermutung lag nahe. Wie viele Frauen hier wohl noch als Gebärmaschinen missbraucht wurden?

Leo dachte an Michaelas Worte, die sie gesagt hatte, bevor das Licht in ihrem Container wieder angegangen war – das Zeichen, dass sie wieder zurückmusste in ihr eigenes Gefängnis: »Wir sehen uns nun einen Monat nicht. Bleib tapfer und mach, was er sagt.«

»Warum sehen wir uns so lange nicht? Was ist denn los?«

»Weil heute der letzte meiner fruchtbaren Tage ist. Somit wirst du nun eine andere Frau bekommen.«

»Aber woher weißt du das?«, hatte Leo gefragt.

»Ich muss täglich meine Temperatur messen. Und anhand der Temperaturkurve wird es ersichtlich. Vergiss nicht: Mach deine Augen zu und denk an was Schönes. Und wenn ein Container zu dir kommt, dann zieh dich gleich aus. Unser Meister wartet nicht gerne. Das zieht Konsequenzen nach sich, wenn du nicht spurst. Einen kleinen Teil hast du bereits mitbekommen. Aber glaub mir, das war noch gar nichts.« Sie hatte auf einige lange Narben auf ihren Ober- und Unterschenkeln gedeutet.

Leo war mit seinem Finger sachte eine Narbe entlanggefahren. Michaela hatte seinen

Bewegungen nachgeschaut.

»Wie ist das passiert?«

»Das hat er mit einer Peitsche gemacht. Ich sage dir, es war die Hölle. Anfangs habe ich mich genauso gewehrt wie du. Ich ließ mich nicht kleinkriegen. Auch mein Container wurde mit Rauch gefüllt, sodass ich dachte, ich ersticke. Doch als ich mich weiter weigerte, bei seinem Spiel mitzumachen, drehte er die Musik mit dem Geschrei stundenlang so laut auf, dass es mir fast das Trommelfell zerfetzte. Ich habe keine Ahnung, wie lange ich nicht schlief. Aber ich war kurz davor durchzudrehen. Plötzlich stellte er die Musik ab. Einen kurzen Moment später zerrte mich jemand in Schwarz gekleidet aus dem Container raus und band mich dort draußen an.« Sie hatte hinaus in die Dunkelheit gezeigt.

Leo hatte in die entsprechende Richtung geschaut und Ketten gesehen, die in der Luft zu schweben schienen.

Michaelas Stimme war leiser geworden, und Tränen waren ihr die Wangen hinuntergelaufen. »Ich wurde angekettet und in die Höhe gezogen. Das Karussell begann sich zu drehen. Alle Container waren erleuchtet. Ich sah Diego, der mich mit großen Augen anblickte.

Er weinte bitterlich. Ich hatte Angst um mich und mein Baby. Und die Peitschenhiebe wurden immer fester und fester. Ich schrie, so laut ich konnte. Doch dann kam der Moment, als ich nicht mehr schrie. Als meine Seele meinen Körper aufgab und ich aus mir hinaustrat. Ich weiß nicht, wie lange er auf mich eingeschlagen hat. Irgendwann hing ich dort allein. Er war gegangen und ließ mich zum Sterben zurück. Ich dachte, ich krepiere an dieser Kette. Meine Hände brannten von dem Metall, das sich in meine Handgelenke bohrte. Ich spürte meine Füße nicht mehr. Mein Lebenswille war ausgelöscht.«

Leos Gedanken wurden unterbrochen. Das Licht im Container drei ging aus. Das Schwarz blieb.

21

»Ich kann sie nicht finden«, sagte Carlos zu Cristiano. »Sie ist hier nirgends. Ich drehe noch durch.« Tränen der Verzweiflung rannen ihm über das Gesicht. Sein Hemd, das Lieblingshemd von Sarah, das sie ihm zum Geburtstag geschenkt hatte, war übersät mit dunklen Schweißflecken.

»Wir finden sie. Das verspreche ich dir«, sagte Cristiano und legte seine Hand auf Carlos' Schulter.

Carlos sah seinen Kollegen an. Er erkannte in Cristianos Augen die gleiche Verzweiflung, die er in sich spürte.

Wo ist sie bloß?

Cristianos Handy klingelte.

»*¿Sí?*«

Er hörte der Stimme zu und zog Carlos am Ärmel seines Hemdes. Er gab ihm zu verstehen, er solle mitkommen, und deutete mit seiner Hand nach rechts.

Cristiano setzte bereits zum Laufschritt an. Carlos folgte ihm. Die Hoffnung, Sarah gleich wieder in die Arme zu nehmen, gab ihm die

Kraft, mit Cristiano mitzuhalten. Inständig hoffte er, dass es gute Neuigkeiten waren, die Cristiano bekommen hatte.

Cristiano war bereits auf dem Treppenabsatz angelangt, der in die Tiefgarage führte. Er nahm zwei Stufen auf einmal. In der Tiefgarage sahen sie die Kollegen, die sich zu Sarahs silbernen VW-Polo Zutritt verschafften.

»Ist sie da drinnen?«, rief Carlos, und seine Worte hallten zwischen den Betonwänden wider. »Sarah!«

Er schaute durch die Scheiben ins Auto hinein und entdeckte auf dem Beifahrersitz Sarahs Handtasche. Der Inhalt der Tasche war auf der Sitzfläche ausgeleert worden.

Keine Spur von Sarah.

Carlos trat einen Schritt zurück und schaute den Kollegen zu, die gerade dabei waren, das Auto zu durchsuchen. Einer von ihnen nahm die Tasche vom Beifahrersitz, warf einen Blick hinein und schüttelte den Kopf.

Carlos sah das Handy mit dem lila Cover mit den bunten Schmetterlingen darauf, das sie sich erst vor ein paar Tagen gekauft hatte, auf dem Sitz liegen.

Wo bist du?

Cristiano kam auf ihn zu und sagte: »Die

Ortung von Sarahs Handy hat uns hierhergeführt. Ihre Geldbörse ist nicht hier, vermutlich ist sie gestohlen worden.«

»Sie muss hier in der Nähe sein«, murmelte Carlos. »Es kann nicht sein, dass sie verschwunden ist.«

»Wir waren in allen Geschäften in der Umgebung und haben nach ihr gesucht. Haben die Angestellten befragt. Keiner hat sie gesehen. Zumindest konnte sich keiner daran erinnern. Carlos, denk nach. Hat sie irgendetwas gesagt, wo sie sonst noch hinwollte?«

Carlos starrte gedankenverloren Sarahs Auto an. Sie hatte hart dafür gespart. Jeden Cent hatte sie auf die Seite gelegt. Und Carlos hatte nichts dazuzahlen dürfen. Er erinnerte sich daran, wie sie ihm eines Tages freudestrahlend den Autoschlüssel unter die Nase gehalten hatte. Sie war Tage zuvor schon aufgeregt gewesen und hatte ihm nicht sagen wollen, was los war. Sie wollte es allein schaffen. Sie war ein Sturkopf. Aber auch eine Kämpfernatur.

Carlos wurde unsanft aus seinen Gedanken gerissen. Sein Handy vibrierte in seiner Hosentasche. Er holte es heraus und schaute auf das Display. *Elenore* las er darauf. Carlos atmete tief durch. »*Sí,* Elenore. Wir haben nichts

Neues.«

Lautes Schluchzen drang an sein Ohr. Sonst kam keinerlei Antwort.

»Elenore, bitte beruhige dich. Bleib zu Hause. Vielleicht ist sie schon auf dem Weg.«

Lautes Atmen und ein Schniefen.

»Versprich mir, dass du zu Hause bleibst. Ich regle das hier schon. Ich finde sie. Das verspreche ich dir.«

Keine Antwort.

»Versprich es mir!«, blaffte Carlos im Befehlston ins Telefon.

Der Seufzer, den Elenore ausstieß, klang lang und tief. »Ja.« Das war das einzige Wort, das sie noch herausbrachte, bevor sie laut wimmernd auflegte.

Und ich Idiot habe ihr auch noch einen Vorwurf gemacht, dass sie Sarah allein gehen ließ.

Carlos starrte auf das bereits schwarz gewordene Display seines Handys, als er Cristianos Worte hörte.

»Hast du gehört, Carlos?«

»*¿Cómo?*«

»Ich habe die Fahndung einleiten lassen. Es könnte sich um eine ...«

»Nein, Sarah wurde nicht entführt«,

unterbrach er Cristiano mitten im Satz. »Das kann nicht möglich sein. Sie wird sicher gleich kommen.« Carlos trat gegen den Vorderreifen des Wagens und schrie: »Hast du gehört? Sie kommt gleich!«

Das Läuten einer Glocke weckte seine Aufmerksamkeit, und er schaute auf die Tür des Fahrstuhls, die sich gerade öffnete. Ein Mann mit einem Einkaufswagen kam aus der Kabine heraus und ging zu seinem Auto. Carlos starrte auf den leeren Fahrstuhl.

Warum bist du da nicht drin?

***

Elenore war völlig außer sich und zitterte am ganzen Körper, als Carlos nach Hause kam. Sie lag auf dem Sofa, zugedeckt mit einer Decke trotz der dreißig Grad draußen. Thomas saß neben ihr und redete beruhigend auf sie ein. Carlos brachte ihr einen Tee und bestellte einen Arzt. Er hatte ein furchtbar schlechtes Gewissen ihr und Thomas gegenüber.

Als der Arzt kam, verzogen sich Carlos und Cristiano ins Büro.

Es dauerte eine knappe halbe Stunde, da klopfte es an der Tür und der Arzt trat ein. »Ich habe ihr ein Beruhigungsmittel gespritzt. Sie wird jetzt schlafen.«

»*Vale.*«

»Brauchst du auch einen Arzt? Du siehst schlecht aus«, sagte der Doc und schaute Carlos fragend an.

Carlos schüttelte den Kopf. »Nein. Ich komme zurecht.«

»Bist du dir sicher?«, fragte der Arzt mit besorgtem Blick.

»Ja!«, brüllte Carlos in seine Richtung und schlug mit der Faust auf den Tisch. Sekundenbruchteile später lösten sich die Muskeln seiner Hand, und er schaute den Arzt schuldbewusst an.

Dieser nickte nur und machte eine Handbewegung, dass er wohl seine Situation, in der er im Moment steckte, gut verstehe.

Carlos starrte auf das Bild von ihm und Sarah, das auf der Kommode stand. Im Hintergrund sah er die tief stehende Sonne, die sich im Meer spiegelte. Das Bild hatte er mit seiner Handykamera aufgenommen. Es war keine sehr gute Qualität, aber er liebte dieses Foto. Zuerst hatte sie kein gemeinsames Foto mit ihm machen wollen. Es hatte ihn einiges an Überredungskunst gekostet, sie davon zu überzeugen, sich mit ihm ablichten zu lassen. Es war der Tag, an dem sie in dem Fischrestaurant in Agaete waren. Das Lieblingsrestaurant von ihm und Sarah seit jenem Tag. Hier war ihr erstes gemeinsames Abendessen, bevor Carlos und sie wieder zu einem Tatort gerufen wurden. Damals ging es um einen Entführungsfall einer deutschen Studentin, und Sarah und ihr damaliger Vorgesetzter Norbert Richter waren als Unterstützung von Deutschland nach Gran Canaria gekommen. Schon bei dem ersten Telefonat mit ihr hatte Carlos diese Verbindung zwischen ihnen gespürt. Sie war sechsundzwanzig Jahre jünger als er, aber sie hatte ihn kennen- und lieben gelernt.

Der Doc hatte bereits das Büro verlassen, als Carlos aus seinen Gedanken zurück in die Realität fand.

»Hast du einen Anruf bekommen?«, fragte Cristiano.

Carlos schaute auf sein Handy. Keine Benachrichtigung über einen Anruf. Er blickte auf die Pinnwand mit den Fotos der entführten Frauen und schüttelte den Kopf. »Nein. Du glaubst doch nicht im Ernst, dass sie entführt wurde?«

Cristiano zuckte mit den Schultern und seufzte. »Bei den letzten drei entführten Frauen war es zumindest so. Das weißt du.«

Ja, er wusste von den Anrufen der Frauen. Er erinnerte sich auch an die rot geweinten Augen der Männer, die ihm in seinem Büro gegenübergesessen und mit zittrigen Händen ihre Handys gehalten hatten, als sie ihm die Mailboxnachrichten vorspielten.

Man hatte die Traurigkeit in den Stimmen der Frauen klar und deutlich herausgehört. Ebenso ihre Fassungslosigkeit, so etwas ihren Männern sagen zu müssen. Die Frauen sahen keinen Ausweg, als ihrem Entführer zu gehorchen. Aber wieso bloß? Was hatte der mit ihnen gemacht?

22

Ich wählte die Nummer von Juan. Schließlich musste ich ihm die Neuigkeit sofort erzählen. Nach mehrmaligem Klingeln ertönte die weibliche Stimme, die mir auf Spanisch mitteilte, dass der Teilnehmer im Moment nicht zu erreichen war. Ich seufzte. Immer wieder das Gleiche. Jedes Mal, wenn ich ihn anrief, musste ich auf seinen Rückruf warten. Zumindest kam er dann seine Ware binnen der nächsten Stunde abholen, nachdem er zurückgerufen hatte. Es war auch nicht seine Ware, sondern die für seinen Boss und dessen *Noche de Fiesta*. Ein Treffen der Schönen und Reichen, die extra für diese eine Nacht hierher nach Gran Canaria reisten. Meist residierten sie für einige Tage in den teuersten Hotels der Insel, die auch immer eine Suite für die gehobene Gesellschaft frei hatten. Geld regierte eben die Welt. Und das stimmte leider auch so. Nur durch einen Insidertipp war ich bis in die gehobenen Kreise vorgedrungen. Oder besser gesagt: in den Abgrund perverser menschlicher Fantasien. Ich hasste die reichen Männer in ihren Anzügen und die Damen in ihren Abendroben.

Juans Boss hat mir eine Zusammenarbeit angeboten und bezahlte mich gut dafür. Geld stank eben nicht, auch wenn ich es nicht brauchte.

Das Klingeln des Telefons riss mich aus meinen Gedanken. Ich nahm das Gespräch entgegen. »*Sí,* du kannst die Ware holen kommen.«

»Gut, ich bin in einer halben Stunde bei dir. Der Chef wartet schon sehnsüchtig darauf. Er möchte dich gerne morgen zur *Noche de Fiesta* einladen.«

Ich atmete tief durch. *Nein, nein. Nie wieder gehe ich zu so einer Party.*

Ich lehnte die Einladung dankend ab und nannte den Preis, der meines Erachtens angemessen war. Dann schaute ich auf den Monitor auf meinem Schreibtisch und war zufrieden, was ich dort sah. Trotz der Panne mit Nummer drei hatte alles ein gutes Ende genommen. Für Ersatz hatte ich früh genug gesorgt. Man könnte es sogar Schicksal nennen. Es fügte sich alles so, wie es sein sollte. Auch den Verlust von Nummer eins hatte ich dank Juans Hilfe beinahe übergangslos ausgleichen können.

Das Foto, welches er mir zugesandt hatte, war genau zur richtigen Zeit gekommen. Zufrieden lächelte ich und drückte auf den Knopf, der das Mikrofon aktivierte.

23

Das Neonlicht blendete Sarah, als sie ihre Augen aufmachte. In ihrem Kopf dröhnte es, und sie griff sich mit der rechten Hand an die Stirn. Sie erfühlte mit ihren Fingern einen Verband, der um ihren Kopf gewickelt war. Das Schmerzzentrum lag an ihrem Hinterkopf und pochte ununterbrochen. Sie blinzelte, und die glitzernden Punkte vor ihren Augen verschwanden langsam.

Wo bin ich?

Sie lag auf etwas Weichem und ertastete mit ihren Händen eine Matratze.

Sarah richtete sich auf und schaute sich um. Umringt von Glas wie ein Fisch in einem Aquarium. Nur ohne Wasser.

Im nächsten Moment spürte sie die Tritte ihres Babys. Sofort streichelte sie sanft über ihren Bauch und summte eine Melodie.

»Ist ja gut, mein Kleiner.«

Sie versuchte, ihre Stimme so ruhig wie möglich klingen zu lassen. Innerlich war sie aufgewühlt, und das konnte das Baby offenbar spüren, denn die Tritte verstärkten sich.

Was ist hier bloß los?

Ein mulmiges Gefühl stieg in ihr auf. Eine Mischung aus Angst und Ungewissheit.

Sie setzte sich auf und sah draußen in der Dunkelheit ein weiteres Gefängnis stehen. Ebenfalls hell beleuchtet wie ihres. Ein Mann saß direkt an der Scheibe seines Containers und beobachtete sie. Auf seiner Glasscheibe stand die Nummer eins. Sarah erhob sich und ging ganz nahe an das Glas heran, um ihn genauerer sehen zu können.

Ist das Leo Neumann, der vermisste junge Mann aus der Zeitung? Der vor knapp zwei Wochen verschwunden ist? Das ist er! Sie zuckte zusammen, als sie die Stimme aus dem Lautsprecher hörte.

»Nummer drei. Dir wird nichts geschehen, wenn du tust, was ich dir sage.«

Sarah drehte sich um und schrie in Richtung Lautsprecher: »Was willst du denn? Lass mich frei!«

»Du wirst dich jetzt ins Bett legen und dich ausruhen. Ich werde dir dafür das Licht ausmachen.«

»Nein, das werde ich nicht machen! Du lässt mich hier raus!«, schrie Sarah und hämmerte mit den Fäusten gegen das Glas. Das Licht in ihrem Container ging aus. Sie stand im Finsteren. Nur der Schein aus Leos Container ließ sie noch etwas erkennen.

Langsam bewegte sich ihr Glaskasten nach links, begleitet von einem leisen Surren. Immer wieder hörte sie ein Klacken, dann ruckelte der Container leicht.

Was geht hier bloß vor sich? Wo bin ich denn nur?

Sarah sah die Felswand immer näher kommen, bis sie knapp vor ihrer Scheibe aufragte. Dann blieb der Container stehen. Seitlich sah sie noch das Gefängnis, in dem Leo war. Ein anderer Container schob sich aus der Reihe und fuhr auf dem am Boden angebrachten Schienensystem in seine Richtung.

Sarah überlegte angestrengt, wie sie hierhergekommen war. Sie erinnerte sich nur schemenhaft.

Das erste Bruchstück, das ihr einfiel, war, dass ihr die Kartoffeln ausgegangen waren. Sie hatte sie gebraucht, um *papas fritas* zu machen. Seit sie schwanger war, versuchte sie, alles frisch zu kochen und nicht einfach nur Tiefgekühltes zu erhitzen, auch wenn es Carlos nicht immer recht war. Sie sah noch ihre Mutter, wie sie lächelte, als sie sich verabschiedet hatte.

Ach, Mama. Sie seufzte.

Der Entführer musste sich von hinten angeschlichen haben. Sie hatte ihn nicht bemerkt. Zu sehr war sie mit ihren Gedanken beschäftigt gewesen. Dann wusste sie nichts mehr. Er hatte sie vermutlich betäubt mit einem Tuch, das er ihr auf Mund und Nase gedrückt hatte. Vage erinnerte sie sich an den Geruch von Chloroform. Als sie sich gegen ihn wehren wollte, hatte sie sich vermutlich den Kopf angeschlagen. Was sie am meisten ärgerte, war, dass sie die Gefahr, die von ihm ausgegangen war, nicht gespürt hatte. Es war fast so, als wäre seit ihrer Schwangerschaft der sechste Sinn, den sich eine Polizistin im Laufe ihrer Karriere aneignete, ausgeschaltet. Schon allein der Überfall auf sie vor einigen Tagen hätte so nie ausgehen dürfen.

Wieso hat der Entführer mich ausgesucht? Warum bin ich hier? Carlos, wo bist du? Rette mich! Ich will hier raus!

24

»Carlos, ich brauche dich.« Immer wieder hörte er Sarahs Worte. Sie schallten wie aus einem Lautsprecher über ihm. Er stand auf einer grünen Wiese, weit und breit nur Felder. Kein Baum, keine Häuser, keine Wege. Die Sonne brannte vom Himmel. Die Schweißperlen tropften von seiner Stirn. Er wischte über sein Gesicht. Roter Schweiß. Rot wie Blut. Verwundert blickte er darauf. Wieder hörte er ihre Stimme, ganz nah hinter sich. Er drehte sich um, sah sie aber nicht. »Carlos, warum rettest du mich nicht?« Er schaute auf den Boden und sah einen Schatten, der ihn einhüllte. Er richtete seinen Blick nach oben. Sarah schwebte über seinem Kopf. Sie streckte ihre Hände nach ihm aus. Blut tropfte aus ihren Augen und platschte auf seine Stirn. Sie war leichenblass. Ihre Kehle war aufgeschlitzt. Erschrocken stieß er einen Schrei aus. Er versuchte, ihre Hand zu erreichen. »Carlos, warum hilfst du mir nicht?«, hörte er sie rufen. Ihre Finger berührten sich kurz. Ein starker Sog, wie ein schwarzes Loch, stieg in einigen Metern Entfernung hinter ihr in die Höhe *und verschluckte Sarah, während sie immerfort seinen Namen schrie. »CARLOS!« Hilfe suchend streckte sie ihre Hände nach ihm aus. Ihre Augen traten aus den Höhlen hervor. Blut spritzte ihm ins Gesicht. Er bekam sie nicht mehr zu fassen. Sosehr er sich auch bemühte, sie war zu weit weg. Unerreichbar. Er hatte sie verloren.*

Carlos schreckte hoch. Sein T-Shirt war schweißgetränkt. Er rang nach Luft. Etwas schnürte ihm die Kehle zu. Sein Brustkorb brannte wie Feuer.

Er schaute sich schlaftrunken um. Ein sanfter Lichtschein, der durch den Vorhang ins Zimmer fiel, half ihm bei der Orientierung. Sekunden später realisierte er, wo er sich befand. Er saß in seinem Bett. Neben ihm waren das Kissen und die Decke unberührt.

»Sarah!«, murmelte er und strich mit seiner Hand über ihre Seite des Bettes.

Dann hörte er ein Klicken. Der Lichtschalter im Gang wurde betätigt. Das Licht schien durch den Schlitz unter der Schlafzimmertür. Schlurfende Schritte näherten sich. Die Türklinke wurde nach unten gedrückt.

»Carlos?« Es war die Stimme von Thomas.

»Ja.«

Thomas trat in das Schlafzimmer an Carlos'
Bett. Carlos schaltete in der Zwischenzeit seine
Nachttischlampe an, rutschte ein wenig in die
Bettmitte, und sein Schwiegervater setzte sich
auf die Bettkante und nahm seine Hand.
Thomas war bekleidet mit seinem gestreiften
Pyjama. Die Haare standen ihm zu Berge. Die
Sorgenfalten auf seiner Stirn waren vom
Nachmittag bis jetzt zu tiefen Furchen
geworden.

»Du hast geschrien«, sagte er. »Soll ich dir ein
Glas Wasser bringen?«

»Wie geht es Elenore?«, fragte Carlos.

»Sie schläft noch. Das Beruhigungsmittel tut
ihr gut.«

»Wie geht es dir?«

»Ich habe Angst um Sarah.«

Tränen stiegen in Carlos' Augen. »Ich auch.«

In diesem Moment blinkte Carlos' Handy hell
auf. Er nahm es an sich und las die WhatsApp-
Nachricht von Cristiano.

»Eine Tote wurde gerade gefunden«, sagte er.
»Es ist *nicht* Sarah. Mach dir keine Sorgen.«

Während Carlos weiterlas, ging Thomas in
die Küche und holte etwas zu trinken.

Carlos sah die elf verpassten Anrufe der
Dienststelle. Erst jetzt fiel ihm wieder ein, dass

er heute Bereitschaftsdienst hatte. Hatte er wirklich so tief geschlafen, dass er die Anrufe nicht gehört hatte?

»Was ist los? Gibt es etwas Neues von Sarah?«, fragte Thomas und reichte ihm ein Glas Wasser. Carlos' Hand zitterte, und das Wasser drohte überzuschwappen. Sein Schwiegervater nahm das Glas wieder an sich und stellte es auf dem Nachttisch ab.

»Nein. Keine Spur von Sarah. Es gibt eine Tote. Cristiano ist auf dem Weg zum Tatort. Und ich muss auch dorthin.«

»Carlos, ich denke, es ist keine gute Idee, wenn du jetzt mit dem Auto fährst. Geh unter die Dusche, trink einen Kaffee. Du stehst noch unter Schock. Es wird jeder deiner Kollegen verstehen, dass du heute nicht zum Dienst erscheinen kannst.«

Carlos nickte und trank einen Schluck Wasser.

25

Cristiano fuhr bereits die steile Bergstraße hinauf. Auf der rechten Straßenseite ragte die Felswand senkrecht in den Himmel. Links sah er ins tiefe Tal hinunter. Der Mond, der vor einigen Minuten noch die Straße erhellt hatte, wurde von einer Wolke verdeckt. Es war 2:41 Uhr. Laut Zentrale musste der Fundort des Leichnams hinter der nächsten Kurve sein. Cristiano ging vom Gas, die Straße beschrieb eine Fünfundvierzig-Grad-Biegung. Neben der Kurve war eine Finca, die am Anfang eines Plateaus stand. Bei zu hoher Geschwindigkeit würde er neben der Finca landen. Und wenn er viel Pech hätte, dann würde er die Plastikplanen der Gewächshäuser durchbrechen und fünfunddreißig Meter in die Tiefe stürzen. Die Temperaturanzeige im Auto zeigte einunddreißig Grad Außentemperatur an. Cristiano öffnete das Fenster, und die warme Luft strömte herein. Ebenso der Sand, den die Calima, der heiße Saharawind, über den Atlantik trug.

Cristiano schaute jeden Morgen aus dem

Fenster seiner Wohnung in Playa del Inglés. Von dort konnte er gut den Horizont über dem Meer sehen. Immer wenn dieser nicht klar zu erkennen war, sondern ein dunstiges, verwaschenes Beige den Himmel dominierte, wusste er, dass das Klimaphänomen der Calima die Kanaren wieder im Griff hatte.

Als er die nächste Kurve erreichte, sah er schon das Polizeiauto mit Blaulicht mitten auf der Straße stehen. Die Kollegen hatten bereits die Straße abgesperrt, und einer davon winkte mit einer roten Lampe. Der gelb-grüne Rettungswagen parkte am Straßenrand.

Cristiano hielt mit seinem Auto ebenfalls auf dem Seitenstreifen und stieg aus.

»*Buenas noches*[19]«, sagte er zu seinem uniformierten Kollegen, der gerade auf ihn zukam, und zeigte ihm seine Dienstmarke.

»*Buenas*[20].« Der Polizist zeigte ihm mit einer Handbewegung, dass er passieren durfte.

Cristiano ging auf den Krankenwagen zu, neben dem der leblose Körper lag. Die beiden Sanitäter standen mit einer Tasse Kaffee in der Hand einen Schritt von der Leiche entfernt und unterhielten sich. Der eine lachte laut los und

---

19   Gute/n Abend/Nacht
20   Umgangssprachlich/Kurzform: Gute/n Morgen/Tag/Nacht

verschluckte sich am Kaffee.

Cristiano war froh, dass es mitten in der Nacht war und es somit keine Gaffer gab, die sich am Tatort tummelten. Dieses Bild des lachenden Sanitäters mit dem Kaffeebecher in der Hand direkt neben dem Leichnam würde ein schlechtes Licht auf die gesamten Rettungskräfte werfen.

»*Hola.* Was ist passiert? Was könnt ihr mir über die Leiche sagen?«

»Na ja, wir können mit Bestimmtheit sagen, dass sie tot ist«, sagte der Dickere von beiden und grinste Cristiano an.

»Echt? Darauf wäre ich nun nicht gekommen«, sagte Cristiano und warf dem Mann einen strengen Blick zu. Das Grinsen verschwand sofort aus dessen Gesicht.

»Wohl mit dem falschen Fuß aufgestanden?« Der Sanitäter drehte sich zu seinem Kollegen und flüsterte ihm etwas ins Ohr. Beide lachten.

Cristiano hatte keine Lust auf Späßchen. Er ging in die Hocke, schaltete die Taschenlampe seines Handys ein und leuchtete den Leichnam an.

Dieses Gesicht kenne ich. Das ist die eine, die auf Carlos' Pinnwand ist. Ich glaube, entführt wurde sie 2014.

Er ließ den Lichtkegel über den Körper gleiten. Die Frau war dunkelhäutig und hatte schwarze Haare. Er sah, dass ihre Hände gefaltet waren wie zu einem Gebet. Sie hatte ein weißes Kleid mit violettem Muster an. Im Bereich ihres Beckens war es blutverschmiert.

Ein uniformierter Kollege trat an seine Seite.

Cristiano stand wieder auf. »Was haben wir?«, fragte er »Erzähl mir was.«

»Vor gut einer Stunde ist in der Zentrale ein Notruf eingegangen«, sagte sein Kollege, »dass ein lebloser Körper am Straßenrand in Montaña la Data liegt. Mehr wollte der Anrufer nicht dazu sagen. Wir versuchten, den Anruf zurückzuverfolgen, stellten aber fest, dass er von einem Wegwerfhandy getätigt wurde.«

»Wurde die Gerichtsmedizin schon informiert?«

»Ja, müsste jeden Moment hier sein.«

In diesem Augenblick sah Cristiano die Lichter eines Autos am Ende der Straße auftauchen. Es parkte hinter Cristianos Wagen am Straßenrand. Im Auto ging die Innenbeleuchtung an, und Cristiano erkannte den Gerichtsmediziner, der sich seine Tasche schnappte und dann auf ihn zukam.

»*Hola,* Doc.« Cristiano nickte ihm zu.

»Gib mir fünf Minuten, okay? Ich muss mir erst einmal einen Überblick verschaffen.« Der Gerichtsmediziner stellte seine Tasche auf dem Boden neben der Toten ab und kniete sich hin. Cristiano leuchtete ihm mit dem Handy.

Lautstarkes Lachen.

Cristiano schaute zu den beiden Sanitätern, die sich über irgendetwas lustig machten.

»Verschwindet hier! Wir brauchen Platz für den Abtransport der Leiche«, herrschte er sie an, während er mit dem Licht den Dicken anleuchtete. Dieser schüttete seinen restlichen Kaffee in Richtung Abhang, schmiss die Tür des Krankenwagens zu, und keine Minute später sah Cristiano bereits die Rücklichter des Wagens im Dunkeln verschwinden.

Der Doc tastete die Tote ab und drückte auf ihren Bauch. Ein leises Platschen entfuhr dem Körper. Ein Schwall Blut färbte das Kleid in ihrem Schritt dunkel.

»Ich denke, sie hat gerade ein Baby auf die Welt gebracht. Aber Genaueres kann ich erst sagen, wenn ich sie auf meinem Tisch habe. Auch den Todeszeitpunkt kann ich erst morgen bestimmen. Hier fehlt mir eindeutig genügend Licht.«

»Was ist die Todesursache? Gibt es sonst

etwas Auffälliges?«

»Nein, auf den ersten Blick sehe ich keine Einstichwunden oder Fesselspuren, keine Schusswunde oder dergleichen. Eventuell hat sie innere Verletzungen. Du hast meinen Bericht morgen Mittag auf dem Schreibtisch.«

Cristiano drehte sich zu seinem uniformierten Kollegen um und sprach: »Alles im näheren Umkreis absuchen. Anscheinend war die Tote schwanger. Vielleicht können wir das Baby finden.«

Der Leichenwagen fuhr bereits im Rückwärtsgang an die Tote heran. Zwei Männer stiegen aus und öffneten die Heckklappe.

26

Leo saß in seinem Gefängnis. Um ihn herum war alles stockdunkel. Vor ein paar Stunden – oder war es vielleicht schon Tage her? – hatte er Michaela das letzte Mal gesehen; seitdem sich der Kreis der Container gedreht hatte und sie auf der Rückseite verschwunden war. Er erinnerte sich an ihre Worte. Sie wusste genau, was hier gespielt wurde. Kinderhandel. Direkt nach der Geburt waren ihr die Babys weggenommen worden.

Sie hatte ihm erzählt, dass sie für die Geburt in einen speziellen Raum gebracht worden war. Alles war steril abgedeckt gewesen. Der Meister war komplett in Schwarz gekleidet. Sie selbst war an Händen und Füßen angebunden worden, mit Handschellen aus Leder mit einer Fütterung innen. Als das Baby auf der Welt war, hatte er es fortgebracht.

Erzählte sie nicht auch, dass sie keines der Babys hatte schreien hören? Also müssen diese in einen separaten Raum gebracht worden sein. Wie groß ist denn das hier?

Leo sah, wie sich der Container mit der

Nummer fünf auf seinen zubewegte.

Oh Mann, nicht schon wieder.

In seinem Container wurde das Licht gedimmt. Er zog sich seine Jeanshose herunter und sein T-Shirt über den Kopf. Auch die dunkelhäutige Frau entkleidete sich, als es in ihrem Container finster wurde.

Gleich wird hier wieder eine nackte Frau stehen, und ich muss mit ihr schlafen. Ich halte das nicht mehr aus. Wieso habe ich Klaus meine Gefühle für ihn nicht schon früher offenbart? Dann wäre das Ganze hier nicht passiert!

Ein Klicken, und darauf folgte ein leises Surren.

Das Tor ging auf. In diesem Moment hörte er zarte Klavierklänge aus dem Lautsprecher an der Decke. Vielleicht war es Mozart oder Chopin.

Schlimmer als klassische Musik beim aufgezwungenen Sex kann es kaum mehr werden.

Die dunkelhäutige Frau schlüpfte unter dem halb offenen Tor hindurch und stand nackt vor ihm. Genauso nackt wie Leo.

»Hallo«, stammelte er. Allerdings war er sich nicht sicher, ob sie ihn verstand.

Sie legte ihm den Zeigefinger auf den Mund und flüsterte ein »Schhhhht«. Dann nahm sie seine Hand in ihre und zog ihn zu seinem Bett. Mit der anderen Hand klopfte sie auf die Matratze. Leo folgte ihr und legte sich mit dem Rücken auf das Bett. Sie setzte sich auf ihn. Leo schloss die Augen.

Klaus, wie schön wäre es gewesen, wenn der Sex mit dir stattgefunden hätte. Genauso wie der erste Kuss von dir war. Ja, ich habe dich weggestoßen, aber doch nur, weil ich mit dieser Situation und mit diesen Gefühlen, die in mir aufkamen, überfordert war. Du hast nie wieder einen zweiten Versuch unternommen. Und ich? Ich war zu feige, um den ersten Schritt zu wagen. Ich musste zusehen, unfähig, daran etwas zu ändern, wie du einen Kerl nach dem nächsten in dein Bett gelassen hast. Dabei wollte ich doch nur in deiner Nähe sein. Ja, die Sache mit Anne … Damit wollte ich dich doch nur eifersüchtig machen. Aber du bist bisher nicht darauf angesprungen.

Klaus, werde ich dich jemals wiedersehen?

Er hatte alles um sich ausgeblendet. Seine Gedanken kreisten um Klaus. Das Zucken seines Unterleibs beim Orgasmus vernahm er nur im Hintergrund. Sein Geist war aus seinem Körper getreten, um nichts von alledem fühlen zu müssen. Sex zu haben ohne Gefühl, ohne richtige Berührung. Gefangen gehalten zu werden von einem Psychopathen. Hinter Glas zu sitzen und nicht zu wissen, was als Nächstes passierte. Jemandem ausgeliefert zu sein, der einem genau vorgab, wann man zu essen und zu schlafen hatte. Der einem sagte, wann es Zeit war für eine Dusche oder eben für Sex. Dem man hörig sein musste, um überhaupt jemals wieder die Chance zu haben, dieser abartigen Realität entfliehen zu können. Aber vielleicht gab es kein Entrinnen mehr. Vielleicht kam niemand und rettete ihn. Vielleicht blieb er hier ewig gefangen und würde nie wieder ein eigenes Leben haben. Würde nie wieder über sich selbst bestimmen können.

Erst als die Musik ausging und er ein Surren hörte, bemerkte er, dass die Frau bereits wieder in ihrem Container war und das Tor zu ihr sich wieder schloss.

27

Carlos saß in seinem Büro auf der Dienststelle in Playa del Inglés. Die Akten stapelten sich auf seinem Schreibtisch. Doch seine Gedanken kannten nur ein Thema.

Sarah.

Keine Spur von ihr. Sie war wie vom Erdboden verschluckt. *Hatte man das Mädchen, das gestern Nacht am Straßenrand gefunden wurde, gegen Sarah ausgetauscht? Werde ich bald zu einem Tatort gerufen, um ihre Leiche zu identifizieren? Oder noch schlimmer: Muss ich jahrelang ihr Bild an der Wand mit der Jahreszahl daneben ansehen?*

Gerade führte ein Polizist einen jungen Mann ins Vernehmungszimmer. Dieser wehrte sich und brüllte lautstark. Immer wieder versuchte er, dem festen Griff des Polizisten zu entkommen, indem er seinen Oberkörper hin und her warf.

Der zweite Polizist, der ein paar Schritte hinter den beiden ging, blieb vor Carlos' Büro im Türrahmen stehen. »*Jefe,* ich denke, wir haben etwas Interessantes gefunden.«

Carlos winkte ihn zu sich. Der Uniformierte legte eine Plastiktüte auf den Schreibtisch. Carlos nahm sie an sich und sah den Dienstausweis darin. Er las den Namen: *Sarah Österreicher*. Er starrte darauf, und im ersten Moment konnte er nicht atmen, so sehr schnürte sich das unsichtbare Seil um seinen Hals. Sein Mund fühlte sich an, als ob er mit Sand gefüllt wäre. Mit zittrigen Händen ließ er die Tüte fallen wie ein glühendes Metallstück und starrte sie ungläubig an. Sarah lachte ihm entgegen.

Kann das wahr sein? Hat dieser Typ etwas mit dem Verschwinden von Sarah zu tun?

»Wo habt ihr das her?«, fragte Carlos.

»Wir haben das bei ihm zu Hause gefunden«, sagte der Polizist und zeigte auf den Verhörraum, in dem kurz zuvor der andere Polizist und der Festgenommene verschwunden waren. »Wir haben ihn auf frischer Tat ertappt, als er eine Handtasche stehlen wollte. Es waren zwei Kollegen in Zivil vor Ort, die den Täter festhielten. Wegen der sich häufenden Überfälle in letzter Zeit bekamen wir sofort einen Durchsuchungsbefehl für seine Wohnung und sind auf der Stelle mit ihm dorthin gefahren. Dort haben wir etliches gefunden. Angefangen von Schmuck über Kreditkarten, die allem

Anschein nach nicht ihm gehören, bis hin zu kleinen Plastiktüten mit Drogen. Vermutlich Crystal Meth. Genaueres wird uns das Labor bekannt geben. Und eben auch den Ausweis von Sarah. Ich mache die Vernehmung, wenn es dir recht ist, ja?«

Carlos nickte nur. Die ganze Zeit über schaute er auf den Ausweis, der vor ihm auf dem Tisch lag.

28

Juan versuchte, über die Hintertreppe zu fliehen, doch er wurde am Fuß gepackt und zu Boden gerissen.

»¡*Policía!*«, schrie der Mann hinter ihm.

Juan lag mit dem Rücken auf den Fliesen und schaute in den Lauf einer Pistole. Der Polizist in Zivil stand breitbeinig neben ihm. Ein weiterer zerrte an seinem Arm und befahl ihm, sich auf den Bauch zu drehen und die Hände auf den Rücken zu legen.

Scheiße, das sind Cops. Wie bin ich bloß auf die Idee gekommen, heute allein einen Dreh zu machen?

Die Handtasche, die er der Frau Minuten zuvor vom Arm gerissen hatte, hatte er bei seiner Flucht in einen Müllcontainer geschmissen. Allerdings hatte ihm das nicht viel genützt, denn der zweite Mann, der nur Sekunden später bei ihm gewesen war, hatte die Tasche bereits in der Hand gehalten. Hinter ihm eine schreiende Frau, die wild gestikulierte und in einer Sprache redete, die er nicht verstand.

Sein Gesicht wurde auf den Boden gedrückt,

als er sich auf den Bauch drehte, und er spürte das Knie des Polizisten, der ihm die Handschellen anlegte, in seinem Rücken.

Scheißtag!

Er atmete den Staub ein, der den ganzen Platz bedeckte. Die Calima hatte wieder einmal ganze Arbeit geleistet. Alles war mit einer feinen Sandschicht bestäubt.

Das Gewicht auf seinem Rücken verschwand, und er wurde zuerst auf die Knie gezerrt und dann in eine stehende Position.

Sie führten ihn zu einem Polizeiwagen und setzten ihn auf die Rückbank. Mit auf dem Rücken gefesselten Händen musste er mit ansehen, wie kurze Zeit später seine Wohnung auf den Kopf gestellt wurde. Und nun saß er im Vernehmungszimmer. Seine Hände waren noch immer auf dem Rücken gefesselt. Die Tür war von außen verschlossen. Er kannte dieses Prozedere bereits. Es war nicht das erste Mal, dass er auf einer Polizeiwache war.

Er ließ den Kopf hängen und hoffte, dass bald jemand auftauchte, um ihm die Fragen zu stellen, die sie ihm immer stellten, wenn er festgenommen wurde. Seine Kehle war trocken, und die Hoffnung war groß, dass er bald etwas zu trinken bekam. Er schüttelte seine Hände, damit die Handschellen weiter nach unten rutschten, denn dort, wo sie jetzt saßen, direkt oberhalb seiner Handgelenke, schnitten sie schmerzhaft in seine Haut.

Die Tür ging auf, und ein Polizist in Uniform betrat das Zimmer. Er legte einen dicken Aktenordner auf den Tisch und schaute ihn fragend an.

»Ja? Was?«, sagte Juan.

»Sie sind kein Unbekannter, was? Wir haben Sie anhand Ihrer Fingerabdrücke identifiziert. Juan Jose Pérez Morrell. Wo haben Sie diese Karte her?« Er hielt ihm den Ausweis der Polizistenschnalle unter die Nase.

Du kannst mich mal. Ich werde kein Wort sagen.

29

Carlos stand im Nebenraum und beobachtete das Verhör durch den venezianischen Spiegel. Er atmete schnell, und sein Herzschlag sprengte ihm fast den Brustkorb.

»Spuck es endlich aus, du Arschloch! Wo ist Sarah?«, schrie er und schlug mit seiner Faust gegen die Wand.

Am liebsten wäre er in den Vernehmungsraum geplatzt und dem Mistkerl an die Gurgel gegangen, bis dieser gestanden hätte, wo er Sarah versteckt hielt.

Als der Name Juan fiel, horchte er auf und dachte an die Entführung von Leopold Neumann. Hatte da nicht dessen Freund erzählt, dass er an diesem Abend mit einem Juan herumgemacht hatte?

Ich muss mir die Akte holen. Vielleicht besteht da ein Zusammenhang, und der Raubüberfall auf Sarah war nicht das Verbrechen eines Kleinkriminellen, sondern es handelte sich dabei um die erste Etappe für die Entführung. Oder vielleicht wollten die beiden Sarah an diesem Tag schon entführen, und es ist etwas

162

schiefgegangen?

Noch während die Gedanken in seinem Kopf kreisten, lief er in sein Büro.

»Verdammt noch mal, wo ist sie?«, zischte er und kramte auf seinem Schreibtisch herum. Einige Papiere fielen zu Boden, als Carlos einen Ordner nach dem nächsten aufhob, kurz ansah und dann auf die andere Seite des Tisches warf. Endlich hatte er die richtige Akte in der Hand und ging schnellen Schrittes in den Nebenraum des Vernehmungszimmers zurück. Er setzte sich an den Tisch und schlug die Akte auf. Gerade als er die Aussage von Klaus las, klopfte es an der Tür. Cristiano trat ein.

»Was ist los? Gibt es etwas Neues?«, fragte er.

»Du hast doch die Aussage aufgenommen von dem Freund des entführten Leopold. Da hieß doch der Mann, mit dem Klaus an dem Abend zusammen war, auch Juan, oder?«

Cristiano überlegte kurz und nickte dann.

Carlos überflog den Bericht und entdeckte die Beschreibung von Juan. Ein Canario – die schwarzen Haare, das Alter, die Größe. Carlos richtete seinen Blick auf den Verdächtigen im Verhörraum. Alles passte perfekt zusammen.

»Ich lasse diesen Klaus herkommen«, sagte

Cristiano. »Ich glaube, er ist noch auf der Insel. Ich klingle gleich mal durch.«

»*Vale*.«

Cristiano verließ den Raum. In der Hand hielt er einen Zettel, auf dem die Kontaktdaten von Klaus standen.

Carlos folgte wieder dem Gespräch des Beamten.

30

»Das werde ich ganz sicher nicht machen!«, schrie Sarah und wandte sich an den Lautsprecher über ihr.

»Nummer drei. Wenn du nicht gehorchst, werde ich dir dein Baby aus dem Leib schneiden. Ohne Narkose. Du wirst jeden einzelnen meiner Schnitte spüren. Und ich werde jede Sekunde davon auskosten. Wenn das Baby aus deinem Körper heraus ist, werde ich es vor deinen Augen zerteilen. Ich werde es für dich ganz langsam machen, damit du auch nichts davon verpasst. Ich werde dafür sorgen, dass du nicht stirbst, bevor du nicht diese Szene gesehen hast. Dann werde ich dich entsorgen im Nirgendwo. Dort, wo dich niemand jemals findet. Auch nicht dein Polizisten-Mann. Und dein zerstückeltes Baby werde ich mir auf den Grill schmeißen und genüsslich verspeisen. Willst du das etwa? Das kannst du haben. Ich bin bereit.«

Sarah hielt inne. Bei diesen Worten zog sich ihr Magen krampfhaft zusammen, und sie hatte das Gefühl, sich übergeben zu müssen. Der Gedanke daran, ihren Sohn in mehreren Teilen auf einem Essteller wiederzufinden, war für sie unerträglich. Ihr Herz pochte wild. Das Baby trat sie, und schützend legte sie ihre Hand auf ihren Bauch. Dabei bemerkte sie, dass er sich steinhart anfühlte. Ein leichter, ziehender Schmerz breitete sich in ihrem Rücken aus.

Oh nein, setzen jetzt die Wehen ein? Bitte, lass mich nicht hier drinnen meinen Sohn gebären!

Sie hob den Zettel auf, den sie vor Kurzem auf den Boden geworfen hatte. Ihre Hände zitterten so sehr, dass sie sich anstrengen musste, den Text darauf zu entziffern. Sie atmete tief durch.

»Ich bin von dir abgehauen«, las sie vor, »weil ich es nicht mehr mit dir aushalte. Das Baby in mir ist meines, und du wirst es niemals zu Gesicht bekommen. Vergiss mich einfach und suche nicht nach mir.«

Während sie las, dachte sie an die vielen schönen Stunden mit Carlos in den letzten eineinhalb Jahren. Ihr Mund bewegte sich, aber sie hörte ihre Stimme nicht. Sie war gedanklich in weiter Ferne.

Carlos lachte. »Ich fasse dich nicht an. Ich verspreche es. Aber bitte leg dich zu mir ins Bett.« Ich lachte nur, aber er hielt sein Versprechen. Jedenfalls bis zu dem Augenblick, an dem ich auf seine Seite rutschte und mich ganz dicht an seinen Oberkörper ankuschelte.

31

»Gerade vorhin war Klaus Worter hier«, sagte Cristiano. »Er hat Juan eindeutig als den Mann identifiziert, der in der Nacht, als sein Freund Leo verschwand, mit in der Disco war. Außerdem habe ich noch diese E-Mail bekommen.« Er legte Carlos einen Ausdruck auf den Schreibtisch.

»Gute Arbeit«, murmelte Carlos und wandte seinen Blick vom Computerbildschirm ab, nahm den Zettel in die Hand und las ihn durch. Das deutsche Wappen war klar und deutlich zu erkennen. Eine amtliche Mitteilung der Polizei Berlin, weitergeleitet an die Polizeidienststellen der Kanaren durch Madrid.

»Sie bitten uns um Mithilfe«, sagte Cristiano. »Ist ja richtig widerlich, was da steht.«

Carlos schüttelte nur den Kopf. »*Madre mía*[21]. Ich kann es gar nicht fassen, was ich hier lese. Wie kann ein Mensch nur so abartig sein?« Carlos schaute sich die Bilder an, die auf der Rückseite des Ausdrucks zu sehen waren. Ein

---

21   Ach du meine Güte

Fahndungsfoto von einem Mann Ende fünfzig mit zerzaustem Haar und in zerlumpter Kleidung. »Dieser Mistkerl hat seine eigene Tochter umgebracht! Sich an kleinen, wehrlosen Kindern vergangen. So einer ist kein Mensch, sondern Abschaum!«

Cristiano kam um den Schreibtisch herum und schüttelte angewidert den Kopf.

»Warte! Was ist das?« Carlos sprang ein Foto ins Auge, und er dachte daran, dass er das darauf abgebildete Beweisstück schon einmal gesehen hatte. Er wusste im ersten Moment nur noch nicht, wo. »Kannst du mir die Mail schicken? Ist das Foto in Farbe?«

»Ja. Ist in Farbe. Ich schicke es dir sofort.«

Cristiano verließ mit schnellen Schritten das Büro. Die Tür blieb offen stehen.

»Ich habe es dir geschickt, *Jefe*«, hörte er Cristiano rufen.

Carlos aktualisierte seinen Posteingang, und die Mail wurde abgerufen. Als er das Foto sah, bekam er ein flaues Gefühl in der Magengegend. Es handelte sich zwar farblich gesehen um ein anderes Modell, aber die Form war definitiv die gleiche.

Das kann doch nicht wahr sein!

Carlos sprang von seinem Stuhl auf,

schnappte sich den Zettel und stürmte zur Tür. »Cristiano, wir müssen los«, rief er, während er aus der Polizeistation rannte.

»Carlos? Was ist denn los? Wo fahren wir hin?«

Carlos antwortete ihm nicht. Er lief zu seinem Dienstwagen, der direkt vor dem Gebäude parkte, und stieg ein. Cristiano hatte die Beifahrertür noch nicht geschlossen, als Carlos bereits vom Parkplatz fuhr und mit quietschenden Reifen, Blaulicht und Sirene die Kreuzung überquerte.

»Funk einen Streifenwagen an. Wir brauchen Unterstützung vor Ort. Avenida de Galdar. Höhe *Supermercado* Spar.«

Carlos' Handy piepte. Er musste sich auf die Straße konzentrieren und drückte es deshalb Cristiano in die Hand, der gerade den Funkspruch an die Kollegen abgab.

»Es ist eine Mailboxnachricht«, sagte Cristiano. »Aber du hast keinen Anruf in Abwesenheit auf deinem Handy.«

Der Druck in Carlos' Magen verwandelte sich in einen starken Brechreiz, den er nur mit Mühe und Not unterdrücken konnte. »Bitte, nicht anhören«, sagte er zu Cristiano. »Ich kann jetzt nicht. Ich weiß, was das für eine Nachricht ist.«

Cristiano starrte noch immer auf das Display. »Sarah ist in seiner Hand. Er hat Sarah und will ...«

»Halt deinen Mund! Ich will nicht, dass du es aussprichst. Wir werden sie da rausholen. Ich finde sie und meinen Sohn.«

Carlos raste die Einkaufsstraße entlang. Trotz der Fußgängerzone ging er nicht vom Gas.

32

Mia hörte die Sirenen der Polizeiautos.

Ist schon wieder etwas passiert? Wann hört denn das bloß auf?

Erst vor ein paar Minuten hatte sie den Laden aufgesperrt. Sie war allein und füllte gerade den Bestellschein für die neue Ware aus. Das Geschäft lief gut. Viele Touristen kamen in ihren Laden, und auch die Einheimischen kauften aufgrund der niedrigen Preise gerne bei ihr.

Die Tür flog mit einem gewaltigen Schwung auf, sodass die Glasscheibe zu Bruch ging und die Scherben laut klirrend auf dem Boden landeten.

»Wo ist Ihre Tasche?«, sagte Carlos zu Mia, die ihn entgeistert anschaute, als er in ihr Ladenlokal stürmte und hinter den Tresen trat. Er kam ihr so nahe, dass sie Angst bekam.

Mia fiel vor Schreck der Kugelschreiber aus der Hand.

»Ich habe Sie etwas gefragt!«, brüllte Carlos. Sein Gesicht war blutrot angelaufen.

Mias Hand zitterte, als sie mit dem Finger auf

einen Durchgang zeigte. »Ich … da hinten«, stammelte sie.

Carlos riss den Vorhang zur Seite und verschwand in der kleinen Teeküche. »Wo … ah, da ist sie.«

Mia hörte das Klirren der Tassen, die in dem Regal standen, in dem sich auch ihre Tasche befand. Mittlerweile parkten vor ihrem Geschäft drei Polizeiautos mit Blaulicht, eines davon direkt auf dem Gehweg. Es hatten sich bereits viele Schaulustige hinter der Absperrung versammelt.

Ein junger Mann in adrettem Anzug betrat den Laden, zwei Polizisten in Uniform hatten sich direkt auf dem Treppenabsatz vor dem Eingang postiert.

»Was ist denn los?«, fragte Mia, als Carlos wieder zu ihr nach vorne kam.

Carlos schüttete den gesamten Inhalt ihrer Handtasche auf den Tresen.

»¿Qué pasa?[22]«, rief Mia. Ihr kleiner Kosmetikspiegel fiel aus der Tasche, und Mia versuchte, ihn zu fangen. Mit den Fingerspitzen berührte sie ihn, allerdings konnte sie ihn nicht halten, und er fiel mit einem Klacken auf den

22   Was ist los?

Boden. Mia ging in die Hocke, öffnete ihn und sah einen Sprung im Glas. Wütend sah sie Carlos von unten an. Doch er beachtete sie gar nicht.

Carlos ging zu seinem Kollegen, nahm ihm einen Zettel aus der Hand und knallte ihn ihr auf den Tresen.

Sie stellte sich davor und las:

Sehr geschätzte Kollegen und Kolleginnen.

Anbei sehen Sie ein Fahndungsfoto von Filip Zalac. Er ist polnischer Staatsbürger, der in Deutschland wohnhaft ist. Er steht unter dringendem Tatverdacht des Mordes an seiner Tochter, der Hehlerei und der Pädophilie.

Mittlerweile konnten wir den Täter an der Grenze zwischen Deutschland und Frankreich festnehmen. Allerdings ist bei der kriminaltechnischen Untersuchung ein Verdacht aufgekommen, der sich infolge einer näheren Analyse bestärkt hat. Die Handtasche, die in Filip Zalacs Wohnung gefunden wurde – die Wohnung, in der er seine Tochter getötet hat –, ist von der Spurensicherung aufgrund darauf vorhandener Blutspritzer sichergestellt worden. Bei der anschließenden Untersuchung wurden zwei DNA festgestellt. Die von Zalacs Tochter und die eines Babys im Alter zwischen null und drei Monaten. Die Tasche, die auf den ersten Blick aus einem synthetischen Leder hergestellt zu sein scheint, wurde aus Menschenhaut gefertigt. Um dies zu bestätigen, müssen noch weitere Tests durchgeführt werden.

Bei einer Hausdurchsuchung wurde der Computer des Verdächtigen beschlagnahmt und untersucht. Der Verdächtige gab an, die Tasche im Internet bestellt zu haben. Diese Aussage deckt sich mit unseren Ermittlungen. Die Verkaufsseite befindet sich im Darknet, in einem passwortgeschützten Forum. Das Passwort ändert sich stündlich, aber unsere Kollegen konnten es knacken. Wir stellten fest, dass auf dieser Seite verschiedene Farben zur Auswahl stehen. Auf unsere Nachfrage gab Zalac an, dass dies Nationalflaggen seien, bezogen auf die Nationalität der Erzeuger der Babys.

Die Betreiber der Seite konnten aufgrund der im Darknet üblichen komplexen Verschlüsselungen bisher noch nicht identifiziert werden. Dahin gehende Ermittlungen dauern an.. Die Seite ist derzeit noch online und wird von uns überwacht. Um den Täter nicht zu warnen, hielten wir dies für angebracht. Der Versand wird von den Zollbeamten genau unter

die Lupe genommen und die Taschen sofort aus
dem Verkehr gezogen.

Wir ersuchen weltweit um Mithilfe und hoffen,
dass wir so eine Chance haben, den Täter
schnellstmöglich zu fassen.

Mia konnte im ersten Moment nicht fassen, was
sie dort las. Die Tasche, die ihr Vater ihr
geschenkt hatte, war aus Babyhaut? Ein
eiskalter Schauer lief ihr über den Rücken.
Angewidert blickte sie auf die Plastiktüte, in der
Carlos ihre Handtasche bereits verstaut hatte.
Sie schaute Carlos an und sah, dass er seinen
Mund bewegte, allerdings konnte sie nicht
hören, was er sagte. Erst als er sie an den
Schultern packte und schüttelte, verstand sie
seine Worte.

»Woher? Jetzt reden Sie endlich!«

»Ich ... nicht bestellt ... ich ... mein Vater ...
aber ...«, sagte sie, unfähig, einen vollständigen
Satz herauszubringen.

»Wo ist Ihr Vater?«

»In seiner Villa auf Monte León.«

»Welche Villa? Wo steht sie?«

»In Monte León rein, bei der ersten
Abzweigung rechts Richtung Monte León II«,
sagte Mia. »Dann in die dritte Straße auf der

linken Seite einbiegen. Das weiße Haus mit den Säulen und dem beigefarbenen Geländer. Eine spanische Flagge ist auf dem Dach. Sie sehen die Villa bereits von Weitem. Auf den Säulen in der Einfahrt sitzen weiße Steinadler.«

»Sie gehen mit den Kollegen mit aufs Revier. Sie stehen unter dringendem Tatverdacht, etwas mit dieser Sache zu tun zu haben.«

Mia schaute ihn an. Sie konnte nicht fassen, was er ihr gerade gesagt hatte. »Aber … es war ein Geschenk …«

Carlos unterbrach sie mitten im Satz. »Es ist mir egal, was es war. Sie sind festgenommen. Und im Moment räume ich Ihnen nicht mal ein, dass Sie telefonieren dürfen. Vielleicht wollen Sie ja Ihren Vater warnen.« Er drehte sich zu seinen Kollegen um und sagte: »Ihr nehmt sie mit. Und die anderen beiden Kollegen werden uns folgen. Und macht eine Personenabfrage zu Mia König und Richard König, ja?«

33

Carlos fuhr in den ovalen Kreisverkehr in San Fernando ein. Es würde noch zehn Minuten dauern, bis er und Cristiano bei der Villa ankommen würden und Richard König zu der Tasche aus Babyhaut befragen könnten.

»Glaubst du, dass König etwas damit zu tun hat?«, fragte Cristiano und blätterte in seinen Notizen. »Ich meine, wir haben keine Beweise. Das einzig Stichhaltige, das wir haben, ist die Handtasche, die er, wenn ich Mia Königs Aussage Glauben schenken darf, auch nur gekauft hat.«

Carlos seufzte und schlug mit seiner Hand auf das Lenkrad. »Du hast recht. Wir haben nichts. Mal wieder. Ich hoffe doch, die Befragung bringt uns weiter. Zumindest können wir seinen Computer beschlagnahmen. Das ist doch schon mal ein Anfang.«

Ein Funkspruch unterbrach das Gespräch der beiden. »Zentrale an Wagen vierzehn.«

Cristiano griff zum Funkgerät und sprach: »Wagen vierzehn hört.«

»Bei der angeforderten Überprüfung der

Personalien von Richard König sind wir auf etwas Interessantes gestoßen. Richard König ist Inhaber einer Ledermanufaktur in Deutschland. Sie ist schon seit Jahrzehnten in Familienbesitz.«

»Bitte was?«, brüllte Carlos und trat aufs Gaspedal. »Alle verfügbaren Einsatzkräfte anfordern und einen Durchsuchungsbefehl einholen.« Ihm schwante Fürchterliches. In Carlos' Gedanken entstand ein furchtbarer Verdacht. *Zwei der weiblichen Entführungsopfer waren schwanger. Sarah ist ebenfalls schwanger. Was ist, wenn König die Frauen entführt hat, um aus ihren Babys … Nein, nein. Das kann nicht wahr sein.*

***

»*Policía*. Machen Sie das Tor auf!«, sagte Carlos in die Gegensprechanlage.

Mit einem leisen Summen öffnete sich der Gehflügel des eisernen Tors. Links und rechts auf den geschwungenen Betonsäulen saßen weiße Steinadler, die ihre Flügel ausgestreckt hatten und über das Grundstück wachten.

Carlos ging, gefolgt von Cristiano, schnellen Schrittes über den mit hellgrauen Natursteinen ausgelegten Parkplatz. Die beige angestrichene Mauer, die das Grundstück umgab, leuchtete hell im Sonnenlicht. Die massive Holztür im Eingangsbereich der Villa wurde ebenfalls von weißen Adlern beschützt.

Carlos dachte bei diesem Anblick an seinen Großvater, der ihn damals, als er noch klein war, jedes Mal auf seinen Schoß gesetzt hatte und ihm die Bedeutung aller Tiere erklärt hatte.

»Weißt du, der Adler ist der stärkste unter den Vögeln. Seine Augen sind zielgeschärft. In den Legenden ist er das Sinnbild göttlicher Macht. Der Adler steht für Stärke, Mut und ewiges Leben. Carlos, sei ein Adler. Du besitzt die Stärke, mutig zu sein.«

An der Tür angelangt bedeutete er seinen uniformierten Kollegen mit der Hand, dass sie über den kleinen Gartenweg zur Rückseite der Villa gehen sollen.

Die Männer nickten, und im nächsten Moment verschwanden sie um die Ecke. Carlos klopfte mit dem eisernen Ring gegen das Holz der Tür.

»Es ist offen, meine Herren«, ertönte eine männliche Stimme aus dem Inneren der Villa.

Carlos legte seine Hand auf das Pistolenhalfter, das auf der rechten Seite seines Gürtels eingehängt war. Dann öffnete er den Druckknopf, seine Finger umklammerten den

179

Griff der Waffe. Mit der linken Hand schob er die Tür ein Stück weit auf und lugte hinein. Er sah, dass es sich hierbei um ein offenes Vorhaus handelte. Gute drei Meter Freiraum ließen in der Mitte des großen Raumes die Sonne auf den hellen Marmorboden scheinen.

Carlos trat ein und sah mehrere Türen, die von dem Vorraum abgingen. Er bewegte sich nach links und nickte Cristiano zu, der sich daraufhin der anderen Seite näherte. Carlos schritt durch die geöffnete Tür in die prunkvoll ausgestattete Küche. Aufwendige Schnitzereien und goldene Griffe verzierten die dunklen Holzschränke. Die Arbeitsplatte aus Marmor schimmerte in einem zarten Vanilleton mit grünen Einschlüssen. Carlos drehte sich nach rechts und sah eine weitere Tür. Nachdem er sie geöffnet hatte, fand er sich in einem Esszimmer wieder. Es bestand aus zwei riesigen Glasfronten, von denen man über ganz Playa del Inglés bis hinauf nach San Agustin sehen konnte.

Hier liegt dir Gran Canaria zu Füßen.

Die beiden anderen Wände waren bis an die Decke mit hellgrünen Natursteinen verkleidet, farblich passend zu den Bodenfliesen. Der massive Esstisch bot Platz für zwölf Personen.

»Wo sind Sie, *Señor* König?«, rief Carlos.

»Hier im Büro!«

Carlos öffnete eine weitere Tür und betrat das Wohnzimmer. Mit Büchern vollgestopfte Regale zogen sich die Wände entlang und reichten bis unter die Decke.

Carlos kam in den nächsten Raum, und einige Meter vor ihm war im Boden ein Whirlpool eingelassen. Daneben eine übergroße Matratze, die ebenfalls im Boden versenkt war. Die riesigen Glasscheiben boten einen großartigen Ausblick auf die Berge.

Auf der linken Seite saß Richard König am Schreibtisch und hatte Carlos den Rücken zugekehrt.

»Ach, Herr Inspektor. Was verschafft mir die Ehre?«

Carlos ging einen Schritt auf ihn zu. Mittlerweile war auch Cristiano im Zimmer angekommen und stellte sich neben Richard König.

König starrte noch immer auf den Bildschirm seines Computers. Fenster erschienen, und andere klickte er wieder weg.

Carlos kam mit dem Schauen gar nicht hinterher.

»*Señor* König«, sagte er. »Sie stehen unter

181

dem dringenden Tatverdacht, etwas mit der Herstellung von Handtaschen aus Babyhaut zu tun zu haben.«

Richard König drehte sich in seinem Schreibtischsessel zu den beiden um. »Bitte was? Taschen aus Babyhaut?«

»Ja, Ihre Tochter haben wir bereits festgenommen. Sie erzählte uns, dass Sie ihr eine der besagten Taschen geschenkt haben.«

Richard König sprang erbost auf.

Cristiano ergriff ihn mit beiden Händen an den Schultern und drückte ihn wieder in den Sessel. »Ganz ruhig, *Señor* König«, sagte er und blieb neben ihm stehen. Die rechte Hand hatte er auf den Griff seiner Pistole gelegt.

»Was haben Sie uns dazu zu sagen?«, fragte Carlos und schaute Richard König tief in die Augen. Allerdings zeigten die nicht die gewünschte Regung.

»Ich habe die Tasche in einem Internetshop bestellt. Sie gefiel mir einfach. Seit wann ist es ein Verbrechen, sich etwas im Internet zu bestellen? Ich wusste nicht, dass sie aus Babyhaut besteht.«

»Diese Tasche gibt es nur in einem passwortgeschützten Bereich im Darknet. Also hören Sie auf zu lügen, *Señor* König.« Carlos kam ganz nahe an ihn heran, aber Richard König blieb ganz ruhig. Er zeigte keinerlei Gefühlsregung.

Die uniformierten Kollegen standen auf der Terrasse, die Carlos vom Büro aus sah.

»¡Hijo de puta![23]«, presste Carlos hervor, riss Richard König aus seinem Sessel und legte ihm Handschellen an.

König leistete keinen Widerstand.

»Bringt ihn hier weg«, sagte Cristiano zu dem Polizisten, der in das Büro trat, und schob den Festgenommenen in seine Richtung.

Carlos schritt aus dem Büro durch die Glastür, die ins Freie führte, und trat an die beige Balustrade heran. Er schaute über das Grundstück. Unter ihm auf der linken Seite erstreckte sich ein Pflanzenmeer in leuchtenden Farben. Plötzlich hörte er ein »Hola«, das ganz aus seiner Nähe zu kommen schien.

Er drehte sich um. Cristiano stand etwas abseits von ihm. So wie es aussah, hatte er nichts gehört.

Carlos blickte sich weiter um, entdeckte aber niemanden, der mit ihm gesprochen haben könnte, und einen kurzen Moment später war er

23   Sohn einer Hure

der Meinung, dass er sich das nur eingebildet hatte. Er schaute hinunter ins Tal. Drei weitere Polizeiautos mit Blaulicht fuhren die Bergstraße herauf. Es war die einzige Zufahrt von Süden aus.

Er beugte sich über die Balustrade. Eine schmale Treppe verband den Garten mit dem Haus. Er sah eine Papageienblume, die ihre orangen Blüten in die Höhe streckte.

Die Lieblingsblume von Sarah. Oh, Sarah! Wo bist du bloß?

»Haben wir schon den Durchsuchungsbefehl bekommen?«, fragte Carlos Cristiano. Dieser nickte. Carlos beschloss, sich im Garten umzusehen.

Als er die ersten drei Stufen nach unten ging, hörte er die Stimme wieder, die »*Hola. ¿Qué tal?*[24]« sagte.

Er schaute nach allen Richtungen, entdeckte aber niemanden.

»*¿Hola?*«, fragte Carlos zögerlich.

»*Hola*«, erklang es fröhlich.

Carlos war der Meinung, dass die Stimme nur einige Meter von ihm entfernt war, und ging schnellen Schrittes in den Garten. Als er auf

24   Wie geht es dir?

184

dem gepflasterten Gehweg stand und sich umsah, erschrak er.

Ein grüner Papagei mit gelbem Kopf landete auf seiner Schulter. Carlos wurde mulmig, als der Schnabel des Vogels dicht neben seinem Gesicht auf und zu schnappte. Er hob seine rechte Hand zur Schulter und ließ den Papagei auf seinem Handrücken Platz nehmen. Dann streckte er den Arm aus.

»*Hola. ¿Qué tal?*«, fragte ihn der Papagei.

Carlos lachte. Für einen kurzen Moment vergaß er, was der grausame Grund seines Aufenthaltes auf diesem Grundstück war.

»Oh, hast du einen neuen Freund gefunden?«, sagte Cristiano, der die Treppe herunterkam.

Carlos lächelte ihn an und nickte. »Wir müssen hier alles auf den Kopf stellen. Der Computer kommt mit.«

»*Jefe?* Ich habe hier ein Rohr gefunden. Es ist im Boden eingelassen. Sieht aus wie ein Kaminrohr.« Die Stimme kam von einem der Polizisten, die sich auf dem oberen Teil des Grundstückes umschauten.

»Wir kommen«, rief Carlos nach oben. Er und Cristiano liefen die Stufen hinauf und standen kurze Zeit später vor der Öffnung im Boden. »*Vale,* was hat dieses Rohr wohl für einen

Zweck? Schaut euch unterhalb der Villa um.
Vielleicht entdeckt ihr etwas Verdächtiges.«

Die Polizisten nickten und schwärmten aus.

34

»¿*Jefe?* Das musst du dir ansehen!«, rief ein Polizist von unten hinauf. Carlos stand mit Cristiano am Pool, sie untersuchten die nähere Umgebung, ob es dort vielleicht einen versteckten Eingang gab.

»Was habt ihr denn gefunden?«, rief Carlos hinunter.

»Das musst du dir selbst anschauen, das kann ich dir nicht beschreiben, was in diesem Raum ist.«

Carlos und Cristiano liefen den gepflasterten Gartenweg hinunter, der durch dichtes Gebüsch führte. Nur Minuten zuvor waren die Kollegen in diesem Urwald verschwunden.

Carlos graute davor, was ihn dort erwarten würde. Trotz all seines geistigen Widerstandes musste er sich dennoch selbst davon überzeugen. Er musste wissen, ob seine größten Befürchtungen wahr werden würden.

Vor seinem geistigen Auge sah er die Babys an einem Stück an einer Leine hängen. Noch tropfend vom Blut, das sich aus ihren Körpern presste. Babys, die abhingen wie Schweine nach dem Schlachten. Die Haut eingefallen und blassbläulich, fertig für die Weiterverarbeitung. Die Augenhöhlen leer. In einem Regal in Gläsern mit heller Flüssigkeit: die Augen der Babys – als ewige Erinnerung an diese Tat.

Carlos schüttelte den Kopf, um dieses Bild, das sich furchterregend real vor ihm aufbaute, aus seinen Gedanken zu verbannen.

Der Gartenweg führte ihn und Cristiano immer tiefer in den Urwald hinein. Vorbei an den dicken Stämmen der Palmen, an den blühenden Blumen, an den Kakteen, die den Weg einrahmten. Der Raum, den die Kollegen gefunden hatten, war einige Meter unter der Villa, verborgen hinter einer Ansammlung von Büschen, die fast zur Gänze die von Efeu umrankte Holztür im Fels verdeckten. Ein Uniformierter übergab sich neben einer Palme. Ein weiterer Polizist klopfte ihm auf den Rücken und redete beruhigend auf ihn ein. Als dieser Carlos und Cristiano näher kommen hörte, hob er seinen Kopf. Er wirkte auf Carlos genauso mitgenommen wie sein Kollege.

In Carlos' Mund sammelte sich der Speichel. Er spürte, wie ihm die Magensäure bitter in der Kehle brannte.

Carlos, beruhige dich. Du musst jetzt stark

sein.

Er atmete tief durch, bevor er die Tür öffnete und den Raum betrat.

Der Geruch nach Säure und Verwesung raubte ihm den Atem. Die Hitze war unerträglich. Cristiano tippte ihm auf die Schulter und reichte ihm ein Taschentuch. Er selbst hielt sich bereits eines vor Mund und Nase.

An der Außenwand sah Carlos einen Lüfter. Darunter war ein Schalter, den er drückte. Der Lüfter sprang an und saugte den Gestank ab, gleichzeitig strömte durch ein Rohr in der Decke Frischluft in den Raum.

Ein dicker Baumstamm stand in der Mitte. Direkt daneben lag eine Art Messer mit zwei Griffen.

Über die ganze Länge der rechten Seite standen Holzbottiche, gefüllt mit einer braunen Flüssigkeit, die Carlos nicht zuordnen konnte. In den Regalen an der anderen Wand fanden sich große und kleine Kanister mit den unterschiedlichsten Chemikalien. Manche in Pulverform, andere flüssig.

Das, was er neben dem Regal sah, erinnerte Carlos an einen Webstuhl. Dieser hatte Rollen an der Unterseite, und mittels Drähten war ein lederartiger Stoff aufgespannt, der bereits auf der einen Hälfte mit zwei roten Längslinien oben und unten bemalt war, und auf der anderen Seite in sattem Rot mit einem Stern in der Mitte leuchtete.

Carlos' Mund stand offen. Er war nicht imstande zu atmen, geschweige denn zu sprechen.

Das war eine Gerberei. Hier wurden die Babyhandtaschen hergestellt. Für ihn bestand kein Zweifel mehr. Und der Stoff, der aufgespannt war, war kein Stoff, sondern ... *Nein, nein! Das kann nicht wahr sein!*

Carlos drehte sich um und wollte gerade etwas zu Cristiano sagen, als er bemerkte, dass er allein im Raum stand. Cristiano schien bereits das Weite gesucht zu haben.

Aber was hat der Scheißkerl bloß mit den Leichen der Babys gemacht, die er gehäutet hat?

Auf die meisten Fragen, die in seinem Kopf herumschwirrten, wollte Carlos die Antwort gar nicht wissen.

35

»Jetzt spucken Sie es endlich aus!«, schrie Carlos Mia an, die ihm im Vernehmungszimmer eine Stunde später gegenübersaß. »Ihr Vater hat schon alles gestanden«, blaffte er und hämmerte mit der Faust auf den Tisch.

Mia schluchzte, und ihr Blick war starr nach unten gerichtet. »Aber … ich weiß von nichts.« Ihr ganzer Körper zitterte, und ein Weinkrampf folgte dem nächsten.

»Ich habe bereits Kollegen zu Ihrem Lager in Salobre geschickt. Wer weiß, was Sie noch alles vor uns geheim halten.«

Mias Kehle entrang sich ein Schluchzen, sie ließ den Kopf hängen, und ihre braunen Haare verdeckten das Gesicht.

Cristiano klopfte Carlos auf die Schulter und hielt ihm sein Handy entgegen.

Carlos nahm es und schaute auf das Display, wo eine Nachricht angezeigt wurde. »Was soll das heißen?«, fragte er, und Cristiano zuckte mit den Schultern. »Bring ihr was zu trinken. Ich geh telefonieren.« Carlos verließ den Vernehmungsraum und wählte die Nummer auf

Cristianos Handy.

»*¿Sí?*«, meldete sich die Stimme des Kollegen.

»Was heißt denn *nichts?*«, wollte Carlos wissen.

»Dass hier nichts ist! Ein paar alte Möbel, aber sonst nichts.«

»Das kann nicht sein. Da müssen zumindest die Kinderklamotten sein, die im Geschäft verkauft werden.«

»Aber, Carlos! Hier ist nichts. Ich schicke dir ein paar Fotos auf WhatsApp. Dann kannst du es mit eigenen Augen sehen.«

Das Gespräch war beendet. Nur einen kurzen Moment später klingelte Carlos' Handy. Er zog es aus seiner Hosentasche und betrachtete die Fotos, die auf dem Display zu sehen waren.

Das Lager in Salobre bestand aus Wellblechwänden, ebenso war die Decke aus Blech. In diesen Lagerbauten, die zuhauf in der Gegend standen, war es gerade im Sommer aufgrund der fehlenden Isolation unerträglich heiß. Auf dem Foto sah er den meterlangen Raum, in dem in der Mitte einige Stühle übereinandergestapelt waren. Zwei Kommoden in Weiß mit Goldeinfassung standen in der Ecke, und eine Matratze lehnte an der Wand.

Warum besitzt der Laden ein Lager, wenn

keine Ware darin ist. Und wo ist die Ware? Wieso lügt sie mich an? Will sie noch immer ihren Vater schützen?

Bevor sich Carlos und Cristiano Mia ins Vernehmungszimmer geholt hatten, war Richard König an der Reihe gewesen. Doch das Verhör war nicht zu ihrer Zufriedenheit verlaufen. Trotz der erdrückenden Beweise gegen ihn hatte König es vorgezogen, hartnäckig zu schweigen. Nur eine Frage beantwortete er: die nach dem Verbleib der sterblichen Überreste der Babys. »Dort, wo auch die Schweine sind«, gab Richard König mehrmals zur Antwort, und sein Grinsen verstärkte sich, bis es in einem Lachkrampf endete. Weder Carlos noch Cristiano konnten sich darauf einen Reim machen.

Hat er etwa die Leichen den Schweinen zum Fraß vorgeworfen?

In der Zwischenzeit lagen auch die Ergebnisse der Untersuchung von Königs Computer vor. Carlos hatte sie während der Vernehmung von Richard bekommen.

Die Computeranalyse des Rechners des Verdächtigen ergab, dass zwei Verkaufsseiten angelegt waren. Eine aktuelle, die wir bereits kannten, und eine neue, die bisher noch offline war. Auf der unveröffentlichten Seite ist für das Verkaufssortiment bereits Folgendes erstellt worden:

Artikelbezeichnung: Handtasche Deutschland mit Frankreich, Handtasche Deutschland mit Deutschland und Handtasche Deutschland mit Spanien.

Bilder von den Produkten waren keine zu finden.

Allerdings haben unsere Spezialisten einen versteckten Ordner auf der aktuellen Webseite öffnen können, in dem jedem Produkt zwei Fotos zugeordnet sind. Hierbei handelt es sich um Aufnahmen von jeweils einem Mann und einer Frau. Ein Abgleich der Frauen steht noch aus, der Mann auf den Fotos ist eindeutig Diego Marcos Gonzales. Die Vermutung liegt nahe, dass es sich bei den Frauen um die Entführungsopfer handelt.

Bei der Hausdurchsuchung wurden zwei fertige Exemplare sichergestellt. Und ein halb fertiges, das in der Gerberei war. Was der Verdächtige mit den sterblichen Überresten der Neugeborenen gemacht hat, können wir zu diesem Zeitpunkt nicht sagen. Weder im Haus noch auf dem Grundstück oder in der näheren

Umgebung wurden Leichenteile gefunden.

Carlos erhoffte sich von Mias Vernehmung, dass sie unter Druck das Geheimnis ihres Vaters ausplaudern würde. Er musste erst bis drei zählen, bevor er das Vernehmungszimmer wieder betrat. Ansonsten hätte er wohl seine Wut nicht zügeln können.

Mia saß auf einem Stuhl, mit Handschellen am Tisch fixiert. Ihr Kopf hing vornüber. Das leise Schluchzen wurde von einem Schluckauf unterbrochen, der ihren Körper erbeben ließ. Das Glas mit Wasser stand unberührt vor ihr.

Oder hat sie wirklich nichts damit zu tun? Wenn ich mir sie so ansehe, dann könnte man das fast glauben.

»Mia? Ihr Lager in Salobre ist leer. Wo sind die Babysachen, die Sie in Ihrem Geschäft verkaufen?« Carlos versuchte, einen ruhigen Ton anzuschlagen.

Mia hob den Kopf. Ihre Wangen waren rot geweint. Die Wimperntusche schwarz verschmiert. Mit großen Augen schaute sie ihn an. Sie öffnete den Mund, aber es kam kein Ton über ihre Lippen. Ihr Blick war starr auf Carlos gerichtet.

»Haben Sie gehört?«, fragte er nach. »Ihr

Lager ist leer.«

»Aber ... das kann nicht sein. Wo sollten denn sonst meine Sachen lagern?« Ihr Körper zitterte nicht mehr. Der Tränenfluss war versiegt. Nur der Schluckauf brachte Bewegung in ihren Körper.

»Das frage ich ja Sie. Sie müssen doch wissen, wo das Lager ist. Sie sind die Inhaberin des Geschäftes.«

»Mein Vater hat mir immer meine Ware gebracht. Ich habe den Bestellschein geschrieben und ihm gegeben. Darum hat er sich gekümmert. Ich ... ich war nur einmal in dem Lager, und das war bei der Anmietung.«

»Wie lange ist das her mit der Anmietung?«

»Sicher schon zehn Jahre«, sagte Mia. »Aber ich bezahle doch Miete für diesen Raum. Jeden Monat. Was ist da denn sonst drinnen?«

»Eigentlich nichts. Bis auf einige wenige Möbel.« Carlos holte sein Handy heraus und zeigte ihr die Fotos.

Fassungslos starrte Mia darauf, dann blickte sie Carlos in die Augen und fragte: »Wo ist mein Sohn? Haben Sie meinen Sohn schon von der Schule abgeholt?«

»Das werde ich ...«, sagte Carlos und wurde durch ein Klopfen an der Tür unterbrochen.

Cristiano trat ein und bedeutete Carlos mit einem Wink seiner Hand, dass er zu ihm hinauskommen solle. Carlos stand auf und schloss die Tür hinter sich.

»Bei der Überprüfung von Mias Privatvermögen sind wir auf ein zweites Haus gestoßen«, sagte Cristiano. »Es ist in Montaña la Data.«

»Schick jemanden dorthin «, entgegnete Carlos. »Wir beide fahren auch gleich.«

»Habe ich schon längst veranlasst. Glaubst du, dass sie etwas weiß?« Cristiano deutete auf die Tür zum Vernehmungszimmer.

»Das kann ich noch nicht genau sagen. Aber ich verstehe nicht, was das Lager in Salobre für eine Bedeutung haben soll. Da muss etwas dahinterstecken, was wir bisher übersehen haben. Ebenso bei dem Haus in Montaña la Data.«

»Mia wohnt doch in San Fernando in einer Mietwohnung«, sagte Cristiano. »Wenn sie doch ein Haus hat, wieso nutzt sie das nicht?«

»Wir werden bald herausfinden, was in dem Haus ist.«

36

Carlos fuhr bereits die Bergstraße entlang und wollte gerade in den ungepflasterten Weg einbiegen, als Cristiano mit dem Finger auf eine Stelle am Straßenrand zeigte.

»Hier war es«, sagte Cristiano. »Die Tote, die gerade das Baby entbunden hatte, wurde hier abgelegt. Im Bericht stand, dass sie an einer Sepsis litt, ausgelöst durch Nierenversagen, und während der Geburt gestorben ist. Aber der Ablageort kann doch kein Zufall sein. Das ist doch nur einige Dutzend Meter von Mias Haus entfernt.«

Die Schlaglöcher schüttelten Carlos und Cristiano kräftig durch, und Carlos verringerte die Geschwindigkeit. Die Zufahrtsstraßen auf Gran Canaria waren meist nicht ausgebaut und wurden auch nur selten gewartet. Schlaglöcher wurden lediglich von den Anwohnern ausgebessert, und das auch nur notdürftig.

Vor dem Haus standen bereits zwei Polizeiautos. Von den Kollegen war allerdings keine Spur zu sehen. Die Eingangstür zum Vorgarten stand offen, und Carlos und Cristiano traten ein. Das Grundstück machte auf den ersten Blick einen verwahrlosten Eindruck. Zwischen alten, kaputten Möbeln lagen überall teilweise offene Müllsäcke herum, die in der Hitze vor sich hin gammelten. Die Fliegen schwirrten zu Tausenden über dem Vorgarten. Ein Festmahl für Ungeziefer. Carlos ging näher an den Müll heran. Ein fauliger Gestank stieg ihm in die Nase. Unabsichtlich stieß er mit dem Fuß einen der Säcke an. Mehrere daumengroße Kakerlaken rannten fluchtartig in alle Richtungen. Carlos sprang vor Schreck zurück, als ihm einige davon über seine Schuhe liefen.

»Hör auf, mit den *cucarachas*[25] zu spielen. Komm endlich«, sagte Cristiano und grinste ihn an. Er stand gute zwei Meter von Carlos entfernt. Vermutlich als Vorsichtsmaßnahme, damit ihm keines der Insekten zu nahe kam.

Carlos verdrehte die Augen und folgte ihm zur Haustür, die ebenfalls offen stand. Als er eintrat, empfing ihn der modrige Geruch uralter Möbel, die in einem Raum standen, in dem länger nicht gelüftet worden war. Oder war es der Teppichboden, der so stank? Er schritt weiter ins Innere und sah im nächsten Raum –

25   Kakerlaken

vermutlich das Wohnzimmer, das in einen Erker eingebaut war – braune Kartons stehen. Sorgfältig übereinandergestapelt. Mit Ziffern beschriftet. Der Raum wurde von einem riesigen Tisch dominiert, auf dem sich fünf Monitore aneinanderreihten und an dem seitlich ein Mikrofon angebracht war. Ein bequemer Sessel stand direkt davor.

Was ist denn das alles? Wofür braucht er das denn? Überwachungskameras vielleicht? Aber was sollte er hier überwachen wollen? Dass ihm keiner den Müll klaut?

Carlos zog einen Einmalhandschuh aus seiner Gürteltasche heraus und zog ihn sich an. Er drückte mit dem Zeigefinger auf den Einschaltknopf eines Monitors. Nach einem kurzen Aufblitzen schaltete sich dieser ein und ließ Carlos erstarren.

Er sah eine Stadt aus gläsernen Containern. Manche erleuchtet, andere dunkel. Ein Container stand etwas abseits der anderen. Carlos beugte sich ganz nahe an den Bildschirm heran.

Da bewegt sich doch etwas!

»Cristiano. Komm her!«, sagte Carlos fassungslos.

»Was soll das sein?«, fragte Cristiano. »Wo ist denn das?«

»Alles durchsuchen hier«, sagte Carlos zu den beiden Beamten, die gerade eben den Raum betraten. »Vergesst die Kartons erst mal. Ich will, dass ihr diesen Raum findet, *vale?*« Er zeigte auf den Bildschirm. »Er muss wohl unter dem Haus sein. Ich kann hier Felswände erkennen.«

Cristiano hatte bereits die vier anderen Monitore eingeschaltet, und beide starrten auf die Bilder, die sie zeigten.

»Das ist Sarah!«, schrie Carlos. Völlig außer sich sprang er auf und stieß Cristiano zur Seite.

»Beruhige dich«, sagte Cristiano und fasste ihn an der Schulter. »Wir finden sie.«

»*¿Jefe?*«, hörten sie über Funk. »Wir haben hier unten eine Tür gefunden. Diese ist mit einem Vorhängeschloss versperrt. Wir brechen sie auf.«

Cristiano eilte im Laufschritt zur Treppe, die nach unten führte, wo die Kollegen Minuten zuvor verschwunden waren.

Carlos schaute ihm kurz nach, dann drückte er den roten Knopf, der das Mikrofon einschaltete. »Sarah, mein Liebling. Ich komme und hole dich.« Er rannte die Treppe hinunter zu der aufgebrochenen Tür, die sich am Ende eines dunklen Ganges befand. Eine schmale Holztreppe führte hinunter in das schwarze Loch. Er sah das Licht der Taschenlampen knapp vor ihm. Endlose Stufen später erreichte Carlos schwer atmend den Betonboden. Ein Kollege betätigte den Lichtschalter, und ein greller Schein flackerte augenblicklich.

37

Sarah konnte es nicht fassen.

Ist das Einbildung, oder ist es wahr?

Sie legte ihre Hand auf ihren Bauch, um das Baby zu beruhigen. Es spürte ihre Aufregung. Kein Wunder. Ihr standen noch immer sämtliche Körperhaare zu Berge, nachdem Carlos' Stimme aus dem Lautsprecher ertönt war.

Sie schaute durch die Glasscheibe hindurch, um ihn zu suchen.

Ich wusste, du kommst und holst mich. Du bist mein Retter, mein Held.

Kein Licht drang in den großen Raum außer dem Schein ihres Containers. Aber dieser erhellte nur die Felswand, die vor ihr in die Höhe ragte. Leos Gefängnis seitlich von ihr war dunkel. Sie sah nicht die geringste Bewegung.

Plötzlich hörte sie Stimmen. Das Licht flackerte kurz und erhellte den Raum außerhalb ihres Gefängnisses.

»Policía.«

Sie drückte ihre Nase an der Glasscheibe platt, doch sie sah nichts. Keine Bewegung. Niemanden.

Ein Rütteln an dem Eisentor ließ sie zurückschrecken. Ihr Herz pochte wild.

»Mach dieses verdammte Tor auf!«

Sarah musste lächeln. Wenn Carlos etwas wollte, dann musste es sofort sein.

Carlos trat an die Glasscheibe heran, und Tränen rannen ihm über das Gesicht. Sarah legte ihre Handinnenfläche an die Scheibe, und er tat es ihr gleich. Trotz der fehlenden Berührung durchfuhr ihren Körper ein Gefühl von Geborgenheit.

Das Tor bewegte sich mit einem leisen Surren nach oben.

38

Endlich hatte er Sarah wieder. Die Frau, die er so sehr liebte und die ihm das Glück auf Erden schenkte. Überwältigt von seinen Gefühlen war er im ersten Moment nicht in der Lage zu sprechen.

Immer mehr Polizisten strömten in den Raum, der mittlerweile hell erleuchtet war. Die Tore der Container öffneten sich, und die Frauen sanken erleichtert in die Arme der Uniformierten. Auch Leo konnte sein Gefängnis verlassen. Die Rettungswagen standen vor dem Grundstück bereit, um die Opfer in Empfang zu nehmen und ärztlich zu versorgen.

»Ich liebe dich«, flüsterte Carlos ihr ins Ohr und strich dabei mit seinen Fingern über ihr Haar.

Sie lehnte sich an seinen Brustkorb.

In der Hosentasche vibrierte sein Handy. Carlos seufzte und zog es genervt heraus. »*Digame*« Er musste sich zusammenreißen, dass seine Stimme nicht zitterte, und wischte sich mit der Hand die Tränen von der Wange. »*¿Qué?* Wie meinst du das?«, brüllte er ins Telefon. »Seid ihr wahnsinnig? Wie konnte das bloß passieren? Sofort die Fahndung einleiten! Der Mann muss gefunden werden. Errichtet Straßensperren. Alle verfügbaren Kräfte müssen sich an der Suche beteiligen.« Carlos warf das Handy auf den Boden.

Sarah schaute ihn ungläubig an, griff nach seinem Unterarm und sagte: »Was ist denn los?«

»Richard König ist aus der Polizeistation geflohen.«

»Wer? Richard König? Der Vater von Mia? Was hat der denn damit zu tun?«

»Er hat dich entführt und hierhergebracht. Und was er mit den Babys angestellt hat, will ich dir gar nicht erzählen.« Carlos strich über Sarahs Bäuchlein.

»Aber ... aber er war doch immer so nett. Er hat mir auch geholfen. Und an dem Tag, als ich entführt wurde, war ich vorher in dem Babyla...« Sarahs Stimme verstummte. Ihr Mund blieb offen stehen. Sie brauchte einige Momente, um wieder sprechen zu können. »Wie konnte er entkommen?«

»Er hat den Beamten, der ihm ein Glas Wasser brachte, niedergeschlagen. Geflüchtet ist er durch den Hintereingang, durch den gerade die wöchentliche Wasserlieferung getragen wurde. Er wird die Insel nicht verlassen, dafür sorge ich.« Zärtlich drückte er Sarah einen Kuss auf die Stirn. »Das Einzige, was für mich jetzt im Moment zählt, ist, dass ich euch zwei wiederhabe. Wir finden ihn. Da bin ich mir sicher.«

39

Cristiano rannte zum Auto und sprang auf den Fahrersitz, dicht gefolgt von Carlos.

»Carlos, bleib du hier bei Sarah. Ich kümmere mich darum. Ich finde diesen Scheißkerl. Er darf uns nicht entkommen.«

Carlos riss die Tür auf und setzte sich auf den Beifahrersitz, während Cristiano das Auto startete. »Ich bleibe bestimmt nicht hier. Sarah ist in Sicherheit und wird im Krankenwagen ins Krankenhaus gebracht. Ich werde ihn töten, wenn ich ihn in die Finger kriege.« Carlos' Hände zitterten, und Cristiano war sich sicher, dass dies nicht nur eine leere Drohung gewesen war. Er musste auf ihn aufpassen, falls sie Richard König wirklich antrafen. Nicht dass Sarah Carlos mit dem Baby im Gefängnis würde besuchen müssen.

Cristiano stieg aufs Gas, sie fuhren die holprige Straße entlang und bogen an der Kreuzung Richtung Playa del Inglés ab.

»Hast du eine Idee, wo wir ihn suchen könnten?«, fragte Cristiano nach ein paar schweigsamen Minuten.

»Ich würde zuerst im Babyladen nach ihm Ausschau halten. Er kann noch nicht weit sein. Er ist zu Fuß unterwegs und hat kein Handy. Das wurde ihm bei seiner Festnahme abgenommen. Und der Laden hat einen Festnetzanschluss. Jetzt gib endlich Gas. Du schleichst wie eine Schnecke.«

Cristiano schaute auf den Tacho und stellte fest, dass er bereits über siebzig fuhr. Mehr wäre auf der kurvenreichen Straße tödlich. Vor jeder Biegung musste er stark abbremsen, damit es sie nicht von der Fahrbahn schleuderte. Er wollte gerade etwas zu seiner Verteidigung sagen und schaute zu Carlos, der seinen Blick starr auf die vorbeiziehende Landschaft richtete. Cristiano beschloss, besser den Mund zu halten.

»Zentrale an Wagen vierzehn.«

»Wagen vierzehn hört«, sprach Carlos in das Funkgerät.

»Gabriel König, der Sohn von Mia König, ist verschwunden. Die Kollegin, die ihn von der Schule abholen wollte, wurde von der Lehrerin informiert, dass der Junge bereits vor wenigen Minuten mit seinem Großvater mitgegangen sei.«

»Wieso wurde er nicht sofort von der Schule abgeholt?« Carlos' Stimme war ruhig, doch Cristiano sah, wie er das Funkgerät beinahe in seiner Hand zerdrückte.

»Alle Einsatzkräfte waren unterwegs. Die Dienststelle musste besetzt bleiben.«

»Welche Schule ist das?«, fragte Carlos und schaute zu Cristiano, der die Geschwindigkeit des Wagens bereits gedrosselt hatte.

»Die British School in Meloneras.«

Cristiano trat sofort wieder auf das Gaspedal und wendete geschickt den Wagen. Die Autos, die auf der Gegenfahrbahn fuhren, bremsten ab und ließen das Polizeifahrzeug mit Blaulicht ungehindert passieren.

»Dieses abartige Schwein«, presste Carlos hervor. »Er kann nicht weit gekommen sein. Schick mir Verstärkung, allerdings ohne Sirene, nur mit Blaulicht.«

»Verstanden. Verstärkung ist unterwegs. Ein Streifenwagen unterstützt euch. Alle anderen sind im Einsatz und werden danach zu euch stoßen.«

Cristiano musste sich auf den Verkehr konzentrieren, da er mit überhöhter Geschwindigkeit die zweispurige Straße entlangraste. Trotzdem riskierte er einen Blick zu Carlos, der bereits seine Waffe aus dem Halfter zog. »Carlos, bitte nicht. Mach nichts Unüberlegtes.«

Aber Carlos reagierte nicht, sondern streichelte über den Lauf seiner Pistole.

Keine Minute später fuhren sie auf den Parkplatz vor der Schule. Die Polizistin wartete bereits auf die beiden. Ein weiterer Polizeiwagen fuhr gerade in den Kreisverkehr ein und stoppte auf dem Parkplatz.

Der Wagen rollte noch, doch Carlos riss bereits die Beifahrertür auf und sprang hinaus.

Cristiano bekam Panik, stellte den Motor ab, zog die Handbremse an und rannte ihm hinterher.

»Wo versteckt er sich?«, schrie Carlos und schaute sich nach allen Richtungen um. Seine Pupillen waren geweitet, so als würde er unter Drogen stehen. Er herrschte die Uniformierten an: »Ihr geht hinunter in die Tiefgarage vom Mercadona und sucht dort alles ab! Auch den Verkaufsraum nehmt ihr unter die Lupe, ja? Wir gehen da hinauf.« Er deutete auf den kleinen Hügel, der sich rechts der Schule befand und mit großen Sträuchern bepflanzt war.

Dahinter war ein Friedhof, auf dem gerade eine Beerdigung stattfand.

Cristiano hatte den Leichenwagen gesehen. Mit all dem bunten Blumenschmuck und den zahlreichen Trauergästen. Carlos rannte los, und Cristiano hatte Mühe, mit ihm Schritt zu halten. Nur wenige Meter vor dem Eingang des Friedhofes fing er ihn ab, stellte sich vor ihn und hielt ihn an den Schultern fest. Die Trauergäste folgten bereits dem Sarg, der von den Sargträgern zu seinem Grab gebracht wurde.

»Carlos, sei vernünftig«, sagte Cristiano. »Denk an Sarah und an das Baby. Bitte mach nichts, was du später bereuen wirst.«

Carlos' Blick ging durch ihn hindurch. Cristianos Worte prallten an seinem Kollegen ungehört ab.

»Geh aus dem Weg«, sagte Carlos, und seine Miene versteinerte sich. Er drängte sich an ihm vorbei und betrat den Friedhof. Cristiano folgte ihm. Der Pfarrer stand mit den Hinterbliebenen an einem offenen Wandgrab. Keiner der Anwesenden hatte die beiden bisher bemerkt.

Cristiano betete innerlich, dass Richard König nicht auf dem Friedhof war und Carlos nicht den Fehler seines Lebens begehen würde.

Ein kleiner Junge mit einem Schulranzen auf dem Rücken erweckte Cristianos Aufmerksamkeit. Der Junge hielt die Hand von einem älteren Herrn fest. Cristiano blickte zu Carlos, der schweißgebadet einen Schritt neben ihm stand. Sein Kopf war blutrot angelaufen. Und sein starrer Blick sagte, dass dies nun das Ende sei. Er sah, wie Carlos seine Waffe auf den älteren Mann richtete. Dieser schaute zu ihnen herüber, und Cristianos Brustkorb zersprang fast unter dem Druck seines rasenden Herzens. Es war Richard König. Cristiano zog seine Pistole aus dem Halfter, allerdings war er gedanklich nicht bereit abzudrücken. Viel mehr beschäftigte ihn die Frage, wie er Carlos aus seiner eigenen Welt zurück in die Realität holen konnte.

Dios mío[26], hilf mir bitte. Ich flehe dich an.

Kaum hatte er seinen Gedanken zu Ende gedacht, hörte er bereits Carlos' laute Stimme: »*¡Policía!* Richard König, geben Sie auf! Nehmen Sie die Hände hoch!«

Blitzschnell drehte sich Richard König um, schlang seinen linken Arm um den kleinen Jungen.

26   Mein Gott

Cristiano blickte in zwei rehbraune Augen, die ihn angsterfüllt anstarrten. An der Kehle des Jungen blitzte die Klinge eines Messers. Der laute Aufschrei einer Frau ließ die Trauergäste von dem Spektakel zurückweichen. Richard König lächelte. Bei diesem Anblick gefror Cristiano das Blut in den Adern.

»Lasst mich gehen. Dann wird ihm nichts passieren«, sagte Richard König und zog seinen Enkelsohn dichter an sich heran. »Ich fordere einen Privatjet, der mich von hier nach Kuba fliegt. Direktflug, versteht sich. Und ein gültiges Visum für meine Einreise dort.«

Gabriel König stand wie eine steinerne Statue da. Schluchzend murmelte er: »Opa, ich habe Angst.«

Dann ging plötzlich alles ganz schnell. Ein Schuss krachte ohrenbetäubend neben Cristiano. Das Blut spritzte, und Richard König sackte zu Boden.

40

Stunden später bei Einbruch der Dunkelheit hielten drei schwarze Vans vor dem Restaurant *La Casa del Mar* in Las Palmas. Dieses lag direkt am Ende des Stadtstrandes Las Canteras, in der Nähe des großen Hafens. Das Restaurant befand sich ein wenig abseits der Strandpromenade, und auf der Straße davor war keine Menschenseele zu sehen. Dunkle Gestalten sprangen aus den Vans, formierten sich in Zweiergruppen links und rechts neben dem Eingang. Jeder von ihnen hatte eine Waffe in der Hand, und das Visier vom Helm war tief ins Gesicht gezogen. Einer nickte, und Sekunden später flog die Restauranttür auf und die Männer stürmten hinein. Zwei blieben direkt am Eingang stehen. Alle Blicke richteten sich auf die schwer bewaffneten Männer, die schnellen Schrittes auf die Gäste zustürmten. Sofort wurden die Anwesenden unsanft von den Stühlen gezerrt und in einer Ecke mit den Mitarbeitern des Restaurants versammelt. Blitzschnell lagen die Männer in ihren Anzügen und die Frauen in ihren Abendroben mit dem

Bauch auf dem Boden. Die Hände hinter ihren Köpfen verschränkt, den Staub vom Boden einatmend. Ein Teil der Männer in Schwarz lief gezielt in die Küche. Jede Lade wurde geöffnet und der Inhalt auf den Boden entleert. Die Töpfe klirrten. Die Teller schepperten. Schließlich öffneten sie das Kühlhaus und fanden das, wonach sie suchten.

41

Leo schaute aus dem Fenster des Polizeiwagens. Die Sanitäter, die ihn vor dem Horrorhaus in Empfang genommen hatten, hatten keinerlei Verletzungen feststellen können. Trotz allem wollten sie ihn und die Frauen, die ebenfalls untersucht worden waren, ins nahe gelegene Krankenhaus bringen. Doch Leo hatte das abgelehnt. Besonders als er sah, welches Datum heute war. Er war sich sicher, Klaus würde nicht ohne ihn abreisen. Der Urlaub, den die drei gebucht hatten, endete erst in zwei Tagen.

Aufgeregt verfolgte er den Straßenverlauf und konnte es kaum erwarten, dass der Wagen endlich in die Palmenallee vor dem Hotel einbog. Kaum stand das Polizeiauto, wurde bereits die hintere Tür von einem der Angestellten, die vor dem Hotel die Gäste empfingen, geöffnet. Leo sprang aus dem Wagen und sprintete auf Klaus zu, der im Laufschritt auf ihn zugerannt kam. Leos Körper kribbelte, als er Klaus in die Arme fiel. Die Aufregung wich der Erleichterung, und Leo weinte an Klaus' Schulter. Minutenlang standen sie eng umschlungen auf dem Vorplatz des Hotels. Als Leo sich aus der Umarmung löste, schaute er in Klaus' stechend blaue Augen.

»Wo ist Anne?«, flüsterte Leo.

»Sie hat den Urlaub abgebrochen. Kurz nachdem du entführt wurdest. Ich hatte viel Zeit, um nachzudenken. Über uns. Was wolltest du mir in der Nacht deiner Entführung sagen? War es … bist du …?«

Leo sah die Unsicherheit in Klaus' Augen. Leos Herz hämmerte gegen seinen Brustkorb. Das Kribbeln in seiner Bauchgegend verstärkte sich. »Ja. Ich liebe dich. Ich habe dich schon immer geliebt, nur wollte ich es nicht wahrhaben. Immer wollte ich es meinen Eltern recht machen. Ich tat alles, um ihnen zu gefallen. Doch damit ist jetzt Schluss. Ich will mit dir den Rest meines Lebens verbringen. Egal was die anderen sagen.«

Klaus' Zweifel verschwanden, während Leo sprach, und er nahm Leos Hand in seine. Ein Lächeln legte sich auf sein Gesicht. Klaus antwortete ihm nicht mit Worten, sondern kam seinem Mund näher, und sie küssten sich innig. Der Kuss dauerte eine gefühlte Ewigkeit, und als Klaus Leos Lippen wieder freigab, sagte er:

»Leo, ich liebe dich auch. Ich hatte immer gehofft, dass du zu mir findest. Und um Anne mach dir keine Sorgen. Ich habe das mit ihr bereits geklärt. Ich habe ihr von dem Kuss damals erzählt und von deiner Reaktion. Und auch von dem Streit, den wir hatten vor deinem Verschwinden. Sie war es, die meinte, dass wir beide zusammengehören.«

Wieder folgte ein langer, inniger Kuss.

42

Carlos hielt Sarahs Hand. Der Monitor neben ihr piepte gleichmäßig. Durch die Aufregung hatten bei ihr frühzeitige Wehen eingesetzt. Diese waren zum Glück durch Medikamente und Ruhe wieder abgeklungen, aber das Ganze hatte Sarah psychisch zugesetzt, und sie musste über Nacht im Krankenhaus bleiben. Der Polizeipsychologe hatte Minuten zuvor das Krankenzimmer verlassen.

»Du siehst müde aus, *mi cariño*«, sagte Carlos und streichelte mit seinem Handrücken über ihre Wange. Sarah lächelte schwach und drückte seine Hand fester. Ein leises Klopfen an der Zimmertür ließ Carlos seinen Blick von Sarah nehmen.

Cristiano trat ein und hielt eine Akte in den Händen. Er ging auf die beiden zu und flüsterte Carlos ins Ohr: »Kannst du mit nach draußen kommen? Ich denke nicht, dass Sarah das hören sollte.« Dann blickte er zu ihr und lächelte sie freundlich an.

Carlos nickte, stand auf, und gemeinsam verließen sie das Krankenzimmer. Cristiano schloss die Tür hinter sich und drückte Carlos die Akte in die Hand.

»Jetzt wissen wir, was uns Richard König mit seiner Aussage mitteilen wollte.« Cristiano zeigte auf die Bilder, die auf den ersten Blick unscheinbar wirkten. Eine Tiefkühlkammer in einem Restaurant. In einer roten Kiste sauber verpackte Fleischstücke.

Carlos las einen Teil des Berichtes durch und klappte ihn wieder zu. Dann schaute er zu Cristiano. »Klar, dort, wo die Schweine sind, sind auch die Überreste der Neugeborenen. Zum Verzehr bereit. Ist das widerlich! Ich könnte kotzen! Aber wie seid ihr auf das Restaurant gekommen?«

»Stell dir vor, bei der Durchsicht von Richard Königs Handy konnten wir auch eine Verbindung zu Juan nachweisen. Du erinnerst dich an Juan? Dieser Kleinkriminelle, der die Frauen überfallen hat, einschließlich Sarah?«

Carlos nickte. »Ja, aber was hat das nun mit dem Restaurant zu tun?«

»Sei nicht immer so ungeduldig«, sagte Cristiano. »Richard König hat Juan am Vormittag angerufen, nach dem Leichenfund in der Nacht. Die beiden haben sich nur kurz miteinander unterhalten. Gleich darauf hat Juan im Restaurant angerufen, um mitzuteilen, dass er die Ware bringt. So hat es jedenfalls Juan ausgesagt. Er war der Mittelsmann zwischen dem Restaurantbesitzer und König und hat nebenbei noch für König die potenziellen Entführungsopfer ausgekundschaftet. Jedenfalls war das bei Sarah und Leopold Neumann der Fall. Ob es bei den anderen auch so abgelaufen ist, bekommen wir schon noch raus.«

»Weil du sagst ›Ware bringen‹. Der Lagerraum in Salobre von Mia König erscheint mir auch unlogisch. Wieso wurde der überhaupt gemietet, wenn er nicht benutzt wird? Darauf kann ich mir keinen Reim machen.« Carlos schaute Cristiano mit einem fragenden Blick an.

»Ich denke, der diente nur als Alibi. Damit seine Tochter nicht misstrauisch wird, wenn er mal länger fort ist. Davon abgesehen, sie wusste anscheinend nichts von dem Haus in Montaña la Data. Dort haben wir unter anderem die Ware für das Kindermodengeschäft gefunden. Derzeit ist König nicht vernehmungsfähig, also müssen wir auf Antworten warten.«

»Ja, vermutlich hast du recht«, sagte Carlos

und schlug die Akte nochmals auf und las. »Hier steht, dass die Kollegen den Restaurantbesitzer nicht auffinden konnten. Ich hoffe doch, wir kriegen diesen Abschaum und finden heraus, wer bei ihm das Menschenfleisch bestellt hat. Im Restaurant gab es keinerlei Hinweise darauf, dass es dort Babyfleisch zum Verzehr gab.«

»Die Fahndung wurde bereits eingeleitet. Das Schwein schnappen wir uns. Und genauso werden wir herausfinden, wohin das zubereitete Fleisch geliefert wurde.« Cristiano nahm Carlos die Akte aus der Hand und war gerade im Begriff zu gehen, als er sich wieder zu Carlos umdrehte. »Wie konntest du wissen, dass sich König auf dem Friedhof versteckt?«

»Die Idee kam mir, als wir am Friedhof vorbeifuhren. Viele Menschen, da würde er mittendrin nicht auffallen. Er hatte gerade mal ein paar Minuten Zeit und wusste, auf offenem Feld mit einem Kind am Arm davonzulaufen, ist nicht möglich. Somit gab es für ihn nicht viele Optionen. Sag mal, hat er die Operation überstanden?«

Cristiano grinste. »Ja, du hast ihn eine Handbreit oberhalb des Herzens getroffen. Ein glatter Durchschuss. Er überlebt es. Ich dachte wirklich, du tötest ihn.«

»Ehrlich gesagt hatte ich das auch vor. Aber ich musste an Sarah und an das Baby denken. Das konnte ich ihnen nicht antun.«

»Zum Glück«, sagte Cristiano, drehte sich um und ging Richtung Ausgang.

-ENDE-

Lieber Leser, liebe Leserin.

Herzlichen Dank für den Kauf dieses Thrillers.

So wie in jedem meiner bisher erschienenen Büchern bedanke ich mich bei allen Mitwirkenden, die dieses Buch, so wie Sie es jetzt in Ihren Händen halten, überhaupt erst möglich gemacht haben:

An erster Stelle kommt mein Lieblingsmensch, mit dem ich am liebsten Brainstorming betreibe. Nachmittags auf unserer Terrasse kommen uns einfach die besten Ideen. Danke für deine Unterstützung.
Te quiero mucho.

An zweiter Stelle steht natürlich Sascha, mein absoluter Lieblingslektor. Seine Aufgabe ist vermutlich die schwerste von allen. Manchmal muss er mich dazu bringen, gewisse Szenen nochmals zu überdenken. Was gar nicht so einfach ist, da ich doch an jedem meiner Worte sehr hänge. Danke für deine Geduld mit mir.
Muchas gracias a ti, mi niño.

An dritter Stelle, aber nicht weniger wichtig,

kommen meine Testleserinnen Julia, Corinne, Daggi, Birgit, Bianca, Jenny, Anja und Verena, die sich die Mühe machten, jeden kleinen Fehler im Manuskript herauszufiltern und mir mitzuteilen. Auch in unserer gemeinsamen Gruppe konnte ich alles mit euch diskutieren. Ich finde euch klasse.

Sois las mejores.

Natürlich ist auch meine Coverdesignerin nicht zu vergessen. Es ist ein wundervolles Cover geworden. Herzlichen Dank dafür. Du hast tolle Arbeit geleistet.

Und auch an Sie, liebe Leserin, lieber Leser, ein Dankeschön. Ich hoffe, es hat Ihnen Spaß gemacht und ich durfte Sie ein paar Stunden mit meinen spannenden Storys unterhalten.

Abonnieren Sie auch meinen Newsletter unter www.dreasummer.com. Ich freue mich auf ein Feedback von Ihnen.

Ihre
Drea Summer

Du bist mein Besitz

Gran-Canaria Thriller Band 3

In einer Gasse in Playa del Inglés stirbt Svens Ex-Freundin Dörte in seinen Armen an einer Stichverletzung. Sven flieht Hals über Kopf, da er befürchtet, man könne ihm aufgrund seiner düsteren Vergangenheit die Schuld an Dörtes Tod geben. Die Prostituierte Aurelia, die in einem Bordell gegen ihren Willen festgehalten wird, vermisst ihre Freundin Malia, die seit Tagen verschwunden ist. Sie begibt sich auf eine gefährliche Suche.

Kurz darauf tauchen zwei weitere Leichen auf. Handelt es sich dabei um die Verbrechen eines Serientäters? Hat Sven doch etwas damit zu tun? Und wo hält er sich versteckt?

Inspektor Carlos Muñoz Díaz ermittelt bereits in seinem dritten Fall mit seinem Kollegen Cristiano und seiner Verlobten Sarah.

Dein Tod ist mein Freund

Einzelband

– Der Tod ist mein Freund.
Ich brauche ihn, um zu überleben. –

Helga und Frank Körner erfüllen sich endlich den langersehnten Wunsch vom eigenen Haus und ziehen von Deutschland in die Steiermark. Allerdings wirft das Schicksal bereits am Abend ihrer Ankunft erste schwarze Schatten. Das Gefühl, beobachtet zu werden, ist nur der Anfang eines seelischen Martyriums. Helga werden mysteriöse Botschaften zugespielt, und die Nachbarn meiden das Ehepaar wie Aussätzige. Nach und nach zieht das Grauen in ihren Alltag ein, sie fühlen sich ihres Lebens nicht mehr sicher. Alle Spuren führen zu dem Haus am Waldrand, in dem vor fünfzehn Jahren ein schreckliches Verbrechen verübt wurde.

Doch niemand glaubt ihnen, bis es zu spät ist …

ABgehackt

Team Gran Canaria Band 1

Ein brutaler Serienmörder sucht die Urlaubsinsel Gran Canaria heim. Binnen kürzester Zeit werden die Leichen eines Obdachlosen und einer Fitnesstrainerin aufgefunden. Beide sind auf furchtbare Art und Weise verstümmelt worden. Die Ermittler der Polizei stehen vor einem Rätsel. Gibt es eine Verbindung zwischen den Opfern? Wo wird der Täter als Nächstes zuschlagen?

Unterdessen werden Sven und Jenny, seit Kurzem als Privatdetektive tätig, von einem nahen Verwandten eines der Opfer beauftragt, ebenfalls nach dem Mörder zu suchen. Doch je tiefer sie graben, umso mehr bringen sich die beiden selbst in tödliche Gefahr.

ANgefasst

Team Gran Canaria Band 2

Deine Kinder sind niemals sicher!

Und dann hörte sie die Musik aus dem Mobile über dem Gitterbett, die wie von Geisterhand zu spielen begann. Und das Lied spielte für Melodia, die nur durch ihre Schuld nie wieder lachen konnte.

Lady, der Hund von Urs Gautier, wurde entführt, und der Schweizer beauftragt die Privatdetektive Jenny und Sven, das Tier zu finden. Doch schon einige Tage später werden Gautiers Frau und seine kleine Tochter von einem Spielplatz gekidnappt. Jenny versucht, die beiden zu retten, wird dabei niedergeschlagen und ebenfalls verschleppt. Während Inspektor Carlos Muñoz Díaz eine großangelegte Suchaktion startet, ermittelt Sven auf eigene Faust. Doch schon bald präsentiert sich alles in einem anderen Licht und lässt Sven zweifeln, seine Jenny jemals lebend wiederzusehen. Stück für Stück setzen sich die Puzzleteile zu einem Bild zusammen, das grausamer kaum sein könnte.

ANvisiert

Team Gran Canaria Band 3

- Ein Gong ertönte, wie bei einem Boxkampf. War das Spiel dieses Psychos vorbei? Doch was würde nun passieren? –

Nachdem auf Gran Canaria zwei Jugendliche tot aus dem Meer geborgen wurden, engagiert eine besorgte Mutter die Privatermittler Sven und Jenny, um ihren Sohn zu observieren. Die Spur führt sie zu einer Clique, in die man nur nach lebensgefährlichen Mutproben aufgenommen wird. Doch dann verschwindet erneut ein Jugendlicher, und kurz darauf ein weiterer. Die Polizei vermutet dahinter einen geisteskranken Entführer. Doch das ist nur die halbe Wahrheit. Auf der anderen Seite verbirgt sich ein uraltes, grausames Ritual, dessen Wurzeln Jahrzehnte in die Vergangenheit reichen. Letztendlich gerät Sven selbst ins Visier des Psychopathen. Wird er dem tödlichen Spiel entkommen?